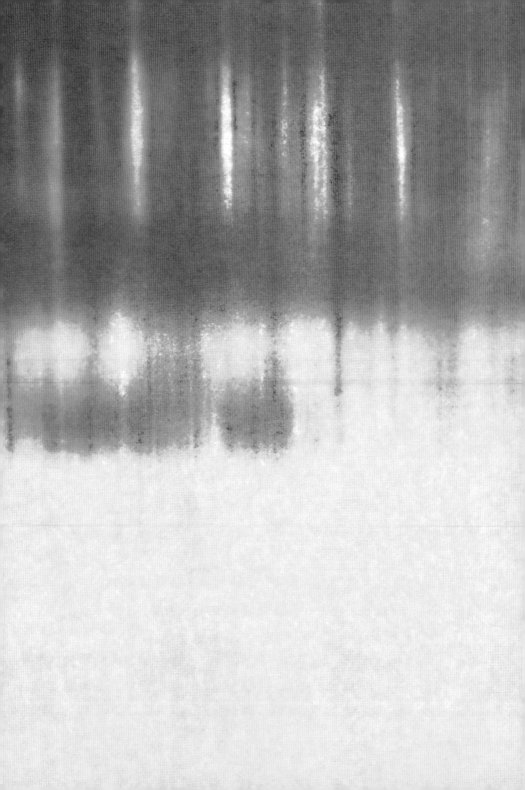

# 島嶼獨白

蔣勳

贈懷民，記念我們熱愛的島嶼。

島嶼獨白／目次

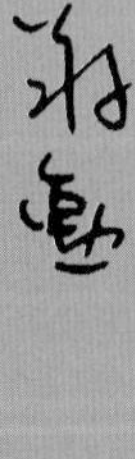

# 島嶼獨白／序

《島嶼獨白》原來是陸續發表在報紙副刊上的專欄，一個星期一篇，整整寫了一年。

有點像小說，有點像散文，但大部分時候，我好像是在用寫詩的心情。

我稱它為「獨白」，是因為並不意圖它可以變成一種「對話」。

也許是因為這一年特別厭煩對話罷。

太多的「對話」，使整個島嶼流失著最純粹的人的獨白。

我想找回一點點獨白的可能。

我在島嶼四處遊走，有時候在芒草飛揚的中北部的山丘，有時在東部的海隅，因為陽光的關係，我更常流浪到島嶼的南端，在巨船出入的港灣，看繁華的城市入夜。

獨白從一九九五年的五月開始，到一九九六年的五月結束。

季節可能是這一系列獨白中很重要的線索。我在島嶼上觀看著日出日落，潮來潮去，花開花落，觀看著星辰的移轉，觀看著生命的來去和變滅。

有一個叫伊卡的男子，和他時而出現，時而消失的狗，可能是獨白的主人。但是獨白並不意圖被閱讀，所以，主人或陌生的過客，也並沒有太多差異。

我嘗試在島嶼上建立一種獨白的革命，拒絕溝通，拒絕妥協與和解。

獨白也可能連心事都不是。它只是迷戀於一種現象的敘事。

它是幻象，或是真實，是祝福，或是詛咒，是愛戀，還是仇恨，都並不重要。

如果獨白可以真正獨立成為一種存在，不被解讀，不被猜測，不被當作任何形式的暗示或主張。

我喜歡自己的獨白成為不可解的詩句。很像廟宇裡留待徬徨者偶然選的一支命運的讖句，我們閱讀，解釋，猜測，其實都只是在探索窺伺命運本身，與解讀無關。

詩句其實是非常無辜的。它注定了被解讀的命運。

如果，有一種獨白，可以不被解讀，島嶼將可能更像一座島嶼嗎？

我想在島嶼上進行一種解讀的屠殺，在閱讀淪落成為庸假的知識之前，肢解和斷裂自己，避免被解讀的悲慘下場。

因此，《島嶼獨白》是使人逃亡的書罷。使死囚者忽然擁抱起執刑的槍手，使捕獵的網罟一剎那間釋放了所有獵人的喜悅，使嫵媚女子的新乳成為城市領袖耽飲的劇毒的液體……

是的，從思維逃亡，從邏輯逃亡，從一切順理成章的規矩與制度中逃亡。

獨白將是島嶼唯一的救贖。

在一個不可知的島嶼角落，與自己逃亡的獨白相遇，十分孤獨，也十分驕傲。
這是寫給孤獨者的書。

一九九六年十二月十三日於八里

## 二〇一五年二月六日，獨白

我竟然寫了這本書，在十九年前。那時的我還殘留的熱情或許也都熄滅了。二〇一五年剛過立春，我重讀這一卷手札，覺得好像是在讀一個死去的孤獨者的日記。我走到清邁山邊的無夢寺，看樹葉無風自落，看老年的狗目光渙散，生命逐漸進入失憶，大腦白化的區域擴張，讓藏在深深溝紋裡的事件一一清除，像記憶體清除檔案。

你害怕失憶嗎？你曾經經驗的愛或者恨，你曾經經驗的痛或者癢，你曾經經驗的榮寵或恥辱，你曾經經驗的擁抱或失落，你曾經有過的哭或者笑——每一個經驗儲存成一個檔案，藏在大腦的溝紋裡，偶然釋放能量，你就不自覺落淚或發出哈哈的聲音。

然而檔案要清除了，孤獨者像最後押赴行刑的死囚，看著槍手，蒙上眼罩，然後一片空白。

失憶這麼美好？死亡也不例外？

那個身體曾經被節節肢解，沒有嗔恨，所以那個身體是失憶的身體嗎？無我相，無人相。我們只是在失憶裡慢慢習慣「這不是我」的狀態，看著自己的肉身肢解，聽著痛苦的呼號，聞到血的腥味，然而「無我相」、「無人相」。「佛」只是人的否定（弗去）嗎？所以是一個合成的字，本來並不存在，是「人」而逐漸失去了「人」，弗去，弗去，像是我失憶最後的一道咒語，檔案可以完全清理乾淨了，像純粹的空白。

胡珊華／攝影

在一個可敬的朋友出走之後，
我刻意訓練自己降暗視覺的光度。

# 獨白

我坐在窗前，等待天光暗下來。我想，隨著光的逐漸降暗，我的視覺也便要逐漸喪失辨認的能力了。但是，似乎這樣的想法並不正確。視覺中有更多的部分與心事有關。可能是記憶、期待、渴望、恐懼這些東西罷。

如果能夠去經驗天生盲人的視覺，或許可以真正分辨「視覺」與「視覺記憶」之間的差別。但是，我已無能為力了。我閉起眼睛之後，我的「視覺」被眾多的心事充滿。彷彿如潮汐的淚水，逐漸沁滲在每一片極度黑暗的球體的邊緣。這是一種視覺嗎？或者，僅僅是我視覺的沮喪。

我的眼前，花不可辨認了，路不可辨認了，山，也不可辨認了。然而，我知道，那不只是因為光線降暗的緣故。是我坐在窗前，等待每一樣事物逐一消逝的心境；花的萎敗，路被風沙掩埋，山的傾頹崩解。在近於海洋的嘯叫中，我們凝視著那一一崩塌毀滅的城市、帝國、偉人的紀念像……種種。

在一個可敬的朋友出走之後，我刻意訓練自己降暗視覺的光度。我想用晦暗的光看我居住的城市；彷彿在冥修中看見諸多幻影（一般人都以為那如同鬼魅魍魎，其實不然，幻影也可以是非常華美的。）幻影之於現實，並沒有很清楚的差異。我們大都必然陷入幻影之中。是因為它幾乎就是一種現實。嗜食毒品者在幻影中感覺著一種真實；嗜殺者在殺戮中感覺著一種真實；啃奪權力者在勝利中感覺著一種真實；嗜慾愛者在慾愛的幻影中感覺著一種真實。

為什麼我要說那是「幻影」？毒癮中沁入骨髓的快感，嗜殺中屠滅生命的快感，權力的爭奪，財富的佔有，愛慾的生死糾纏，在我居住的城市，即使我調暗了視覺的光度，我依然看到這諸多的現實，如此真實，歷歷在目，對我的「幻影」說嗤之以鼻。

報刊上今天以小小的一個角落登載了你出走的消息。我因此獨自坐在窗前，靜聽著黃昏潮汐在每一片沙地中的沁滲。有一種嗦嗦的聲音，很輕很輕地滲透在沙與沙的空隙，好像要使每一個空虛的沙隙縫都湧進充滿入夜前暗黑的流水。

沙隙間暗黑的水流，可能是一種獨白，一種失去了對話功能的獨白（但不要誤會，絕不是喪失了思維的喃喃的囈語）。獨白，也許是真正更純粹的思維。在一整個城市要求著「對話」的同時，我猜測，你的出走，竟是為了保有最後獨白的權力嗎？

在某一個意義上，一個真正的作家（詩人、寫小說者）是沒有讀者的。一個繪畫者、一個演員、一個舞者，可以沒有觀眾。一個歌手、一個奏演樂器者，可以沒有聽眾。

我看到一個老年的舞者，在舞台上拿起椅子，旋轉、移動、凝視。他在和觀眾對話嗎？不，他只是在舞蹈中獨白。

在修行的冥想中，諸多的幻影來來去去，盤膝端坐著，在閉目凝神中一一斷絕了與人對話的雜念。

每一柱水中倒映的燈光，都是一種獨白。它們如此真實，水中之花，鏡中之月，指證它們是「幻影」，也許只是我們對現實的心虛罷。

如果你是水中之花，你大約會從水中抬頭仰視那岸上的真相；如果你是鏡中之月，你也會從明鏡煌煌的亮光中抬頭仰望那天空中一樣煌煌的明月，發出嘖嘖的讚嘆罷。

那麼，你的出走，究竟是一種真相，還是一種幻影？或者說，你代替我出走了。

我留在現實之中，你替代我出走到幻影的世界。當你笑吟吟從水面向上仰視的時刻，我必須微笑著告訴你岸上的一切，包括陽光的燦爛，風聲，以及我在風聲中的輕輕搖曳。

據說，記憶中所有前世的種種，都只是今生的獨白，因此，宿命中我必然坐在此時的窗前，等待天光降暗、降暗。

## 二〇一五年二月八日，獨白

好奇怪，忽然想起十九年前那個老年的舞者。他叫摩斯—康寧漢（Cunningham, Merce）嗎？那年他有七十多歲了嗎？應該是國家劇院，年輕舞者都表演完了，觀眾以為結束了，可以走到愛國東路上，坐捷運回家睡覺。然而在掌聲之後，他走出舞台，沉默看著舞台中央一把椅子。單手提起椅子，旋轉。手和椅子旋轉，身體也旋轉。椅子慢慢彷彿長在他身上，好像他老年肢體的一部分，沉重，向下墜落，但也有努力向上對抗墜落的意志。他不斷旋轉，有時快，有時慢，像雲在風裡沒有堅持的速度。那是我看到的最後的摩斯—康寧漢，好優雅的老年舞者，好安靜的一把椅子，在上個世紀末喧囂著各種表演的舞台，我在失憶中卻留著這麼清晰的一個畫面。那個要出走到緬甸寺廟去的孤獨者還是回來了，我想他忘不掉他眷愛的肉體，像我一樣。

# 歌者

一個歌者的猝死，忽然使整個城市哀傷了起來。

天玉是戰爭中倖存的老兵。在戰爭已經結束了五十年之久以後，天玉對戰爭的敘述變得十分不實在。他每每喜歡蹲在小鎮車站附近的大榕樹下，娓娓道來戰爭中的種種。「砲聲像夏天午後的急雨——」他常常這樣形容。但是，當共同有經驗的老人陸續從車站大榕樹下的空地消失之後，天玉一再重複的戰爭的記憶也逐漸失去了聽眾。

「何日君再來——」

當那歌者的聲音從車站的廣播器中悠揚響起，天玉從兩胯之間抬起低垂的頭，他摩挲著自己花白的頭髮，一臉皺紋地看著那圓圓的喇叭。

有一種女子的聲音很像妓女，使人性慾亢奮。天玉看著一隻也望著喇叭垂涎的黑狗，心裡想：為什麼這個女子的聲音使他想起了戰爭中的情人和母親。

黑狗忽然從匍匐的姿態站立起來，並且豎直了耳朵，目不轉睛地望著圓圓的廣播器。

「狗在專注的時候看起來是特別憂傷的。」天玉想起戰爭中一個被傳言嗜吃狗肉的排副常常這樣說。

「他害怕狗的憂傷的表情！」當天玉這樣敘述給車站邊一個賣搖搖冰的少女阿紅聽時，阿紅嘿嘿地笑著；她想起小鎮上的每一個人都一面吃著她的搖搖冰，一面悄悄告訴她：「你看，那個猶仔天玉在玩弄自己的生殖器——」

那隻黑狗忽然對著擴音器低低地嗚嗚叫了起來，好像渴望著被愛撫或安慰的聲音。

天玉則繼續奇怪著為什麼那歌者的聲音使他想起了戰爭中的情人和母親。

「至於殺狗的排副——」天玉越來越覺得他的臉實在長得與狗非常相似。他在每一次衝進一個村莊的時候，就端著槍，逡巡每一個可以藏匿狗的角落。

他在空無一人的街道上追殺一隻亡命的黑狗。

排副獵殺狗的敏捷簡直像頭豹子。他一步竄上前去，伸出大手，一把揪住狗的咽喉，狗才剛剛發出哽咽的淒厲的哀鳴，頸骨已經被排副扭斷了。

排副呆呆地望著癱在地上的一堆不成形的狗的屍體。

大部分在戰爭年代的狗，因為缺乏固定的食物，都十分瘠瘦（除了那些有機會吃到死屍的）。戰爭也可能使狗殘跛或長出難看的癩皮。「還有——」排副說：「最可怕的是戰爭中狗的憂傷的表情。牠們好像比人更知道被屠滅的命運。」

因此，排副每獵殺一隻狗後，他一定煮一鍋水，細細地把皮毛都燙掉。當一隻狗把皮毛刮乾淨之後，牠們就恢復了一種嬰兒似的潔白；牠們通常擠在眉眼之間那特別憂傷的皺褶也都消失了。

「排副並不吃狗，真的——」天玉很努力地向少女阿紅解釋：「那只是憎惡他殺狗的人惡意的傳言。」

「那麼他殺狗幹什麼？」少女阿紅仍然嘿嘿地笑著。

天玉忽然聽到那擴音器中歌者的聲音裡有一種低低的狗般的哭聲。

戰爭彷彿在這個城市中流傳了很久。當經濟上加工業逐漸形成之後，許多原來的小鎮都陸續被合併為「城市」。小小的只有一名售票員的車站因為新式觀光冷氣的列車不再停靠而荒廢了。圓圓的擴音用的喇叭在某一次颱風來臨之後被吹斷，只剩一根電線，在空中懸吊著。

在極度憂鬱沮喪之後，天玉和空地上的黑狗都忽然消逝了。連少女阿紅在內，沒有任何人關心到他們的消逝。

「何日君再來——」然而，歌者的聲音一直在城市中蔓延，沒有人知道，那是戰爭在另一個世代新的謀殺計畫，計畫的初步實現便是歌者的猝死。情人和母親的聲音將要隨著歌者的猝死一併列入計畫之中被永遠埋葬了。

## 二〇一五年二月八日，獨白

我的記憶裡還有那個叫天玉的士官長嗎？河南鄉音很重，我和他都住在一個軍校的校史館樓上。校史館陳列的都是烈士的雕像，活著的人只有我和天玉。我是服役的少尉軍官，他是士官長，他也負責替我倒茶，清掃我的房間。我有一天說：天玉，被子我自己疊，帳子我自己掛。他怔怔地看著我，彷彿受到訓斥。我解釋說：我可以自己做這些事。

他後來不替我疊被子了，每天早上放一玻璃瓶的羊奶在我床頭。我又說：天玉，那羊奶多少錢，我每個月付。天玉忽然哭了，他像孩子一樣哽咽：少尉，那是我自己養的羊啊。

我忽然笑起來，在一個老兵臉上看到受委屈的孩子的表情。天玉有一天告訴我，他的名字不是他的。「怎麼可能？」我緊張起來。天玉笑著說：少尉，你大驚小怪！打仗的時候，兵抓來抓去，我在鄉下種田，被抓了，連長說：那個天玉逃了，你就是天玉，補他的缺，領他的餉，吃他的口糧。天玉憨憨地笑，他說：我就是天玉了。

退伍之後，我沒有再跟天玉聯絡，十九年前軍隊裡還有許多像天玉一樣的老兵，用別人的名字活著。

天玉很愛聽鄧麗君的歌，那聲音曾經在孤獨歲月給他莫大的安慰溫暖吧。我記得他愛戀鳳山鎮上一個妓女，常帶酒菜去看她。喝了酒，晚上回校史館，就會聽到他用很嗲的嗓音唱「花好月圓」。

鄧麗君在清邁逝世，我想起天玉，我想他一定很傷心吧。
每次經過清邁也都還會在歌者逝去的旅館前徘徊，想起服役時的朋友天玉。

胡珊華／攝影

至於流浪狗終於佔據了這個城市，
則是在進入二十一世紀之後的事了。

# 狗

「城市將逐漸被流浪狗佔據了。」

街頭上開始有這樣的傳言時，大家都有一點驚慌。

伊卡下班回到家的時候，有一隻剛生產的母狗對著他吠叫。伊卡愣了一下，他想：「這是我的家啊！」他到女子家住了幾天，沒想到門口就已經被狗佔據了。

母狗吠叫得很凶，明顯地是在警告違法的侵入者，加上牠身邊蠕動求乳的三、四隻還未睜開眼睛的小狗，連伊卡自己都覺得彷彿侵害了他人的天倫一般罪惡感了起來。

「可是，這是我的家啊！」伊卡也覺得有些委屈。

母狗愈叫愈凶，鄰近的人紛紛打開門窺探。

每次伊卡帶女友夜遊回來時，鄰居們也這樣在門後偷偷窺伺著。

「伊卡，伊卡，養一隻狗嘛，養一隻聖伯納——」

女子在門口吵著要養一隻狗的時候，伊卡正在與那打不開的鎖奮鬥。

女子喝了一點酒，緊緊貼在伊卡身上，她身體的糾纏更使伊卡老是找不到正確的鎖孔。

伊卡幾乎感覺到每一個門背後那窺伺的眼神，「多麼猥褻的男女！」他們一定這樣又亢奮又鄙夷地從牙縫擠出咒罵的聲音。

「拜託，站直一點——」伊卡勉強地用右肩膀頂著女子的巨大的胸脯乳房，一頭大汗地繼續低下頭尋找鎖孔和鑰匙之間正確的位置。

鎖孔中彈簧「啪」地一聲，鎖開了，伊卡長長吁嘆了一口氣。

「門開了，可是，我不要進去——」女子狡黠地笑了起來。她故意躲閃著，不肯進門，還故意和窺探的鄰居打招呼，伊卡便上前追撲。

「猸仔——」當伊卡真的有一點憤怒起來的時候，女子正被伊卡的身體緊緊地壓在門框上。伊卡幾度試圖把女子推進門去，但是，女子用背脊和趴在牆上的臀部固定著。伊卡氣急敗壞，鼻子頂著鼻子，他嗅到一陣一陣從女子喉口中蒸發出的發酵的酒和食物的熱熱的臭味。

「伊卡，伊卡——你為什麼要告訴我一個假的名字——」女子臉上垂掛著不知道是鼻涕或眼淚的什麼液體。

「進去，進去——」伊卡仍然努力試圖用整個身體的力量把女子推進門去。兩個人都一身濕透，這樣的貼在大門口，伊卡感覺到那些窗後窺探的眼神一定覺得他們簡直是當眾猥褻了。

「你再用力一點，嗯？你再用力一點——」女子像挑逗又像挑釁地看著伊卡。兩個人彷彿進入白熱高潮狀態的鬥雞，在全身緊繃的亢奮樣子中靜止著。

「哈哈哈——」女子忽然不克抑制地笑了起來。

「你笑什麼，進去，進去——」伊卡仍然在女子身上努力挪動著。

女子氣喘吁吁地小聲附在伊卡耳邊說：「伊卡先生，你再用力一點，就要射精了。」

「我會在這門口生一窩狗給你，哈——你不給我買一隻狗，你看罷——我要在你門口生一窩——」女子詭異地笑著。

鄰居的門陸續關上了。在每一個鎖和鎖的關闔中，伊卡彷彿聽到一種宿命的詛咒。他確實地知道傳言並不是空穴來風，他確實地知道了這城市將被狗佔據，人們將和他一樣一一淪為街頭徘徊，被阻擋於自己門口的城市的新的流浪族群。

而那露著尖銳的白牙的狗們森森的嘴臉和義正辭嚴的囂叫的聲音，使伊卡幾度徬徨於自己的門口，但始終猶疑著不敢靠近，他甚至陷入於一種混亂，他這樣質問自己：這裡真的是我的家嗎？

伊卡遠遠地望著那仍在吠叫的狗，他有一點興奮又有一點悲哀地想：這真的是我那一晚留下的精液的結果嗎？

伊卡無端想起了城市未來的後裔。

## 二〇一五年二月八日，獨白

我其實不認識伊卡，小時候在大龍峒的廟宇附近常看到伊卡式的男子，剪山本頭，穿高木屐，身上常有刺青。他們冷酷的男子臉上有時會有很嫵媚的笑容。長大以後，在城市邊緣的三重、蘆洲、八里，這些外地打工人口棲居的鄉鎮，也還常常看到伊卡。他們和容易聯想到的希臘神話裡的伊卡不同，他們的健壯的雙肩上沒有用蠟黏接的美麗羽毛。他們有時嚼食檳榔的嘴唇常常透著詭異的血紅。那是我在島嶼四處看見的伊卡。和酒廊女子或娼妓們住在一起，也親近城市邊緣被棄養後一胎一胎蔓延繁殖的流浪狗。

至於流浪狗終於佔據了這個城市，則是在進入二十一世紀之後的事了。不要忘記，「島嶼獨白」是上個世紀末的預言。因此那個伊卡住過的公寓，那些流浪狗，那一名肉體熱烈的女子，都隨改制後的城市消失了。流浪狗變成寵物，伊卡穿戴整齊去大學讀書，女子緊緊夾緊雙腿，頭上綁粉紅蝴蝶結，這都是改制以後城市新的景象。至於伊卡，唯一和希臘神話相通的部份，是他終於失去了翅膀，從高處墜下。島嶼四周就不再有以「伊卡」為名的男子了。

胡珊華／攝影

伊卡魯斯墜落了。

伊卡魯斯的墜落使整個歷史驚動。

# 墜落

她只是要嘗試去對抗地心引力。

從十幾樓向下墜落的身體，如果能像一朵落花——這當然是完全瘋狂的想法。

好像古老神話中的伊卡魯斯，和他的父親被囚禁在孤島中。父親用蠟和鳥羽製作了精緻的翅膀，和伊卡一起逃出。在展翅而飛的剎那，父親一再叮囑：「伊卡啊——伊卡，記住，你的翅膀是蠟製的，它一遇熱就會融化，你千萬不能高飛，不能接近太陽——。」

伊卡魯斯其實是聽懂了父親的叮嚀和警告的。但是——他展翅飛起時，啊——海洋都在腳下，星羅棋布的島嶼都在腳下。那個囚禁他、封鎖他，使他不得自由的島嶼越來越遠——他努力搧動起翅膀，他忘了這是蠟粘著羽毛製成的翅膀，他忘了蠟是多麼脆弱而不穩定的物質。他沉迷在蠟的薄而透光的質地。他向陽光飛去，他想更仔細地看陽光穿透蠟的翅翼時那種視覺上的迷離輝煌。

伊卡魯斯，據說，最後看到了蠟被太陽熔化，像眼淚一樣一滴一滴垂落飛散。蠟的淚滴在高空中被風吹散，飛濺在伊卡的臉上。羽毛一根一根離去，在風中越飄越遠。他彷彿聽到父親在雲層下大叫：「伊卡，停住，停住——」而伊卡當然是要高高飛起的，他努力搧動已經殘缺、癱軟、無力的翅膀，努力朝金色太陽的方向衝飛。

伊卡魯斯墜落了。

伊卡魯斯的墜落使整個歷史驚動。

肉體的重量，加上速度，使伊卡魯斯青春的身體變得如山一般沉重。

你能想像這樣沉重的身體在地面上撞碎的力量嗎？

臥在旁邊無所事事的一隻曬太陽的狗，被墜落的身體嚇了一跳。牠敏捷地站立起來，向那一動不動的一塊奇怪的濺滿了蠟淚的肉體看了看。牠豎直了耳朵，又用嗅覺嗅了嗅，對那忽然墜地的肉體的一無反應似乎有一點失望。

春末夏初，下過一陣雨之後的熱帶的城市顯得有一點鬱熱。大部分的人躲在城市大樓的陰暗角落休棲。

狗吠叫了幾聲。

墜落的肉體沒有反應，躲在陰暗角落的人也沒有反應。

一個新興的城市應當如何處置不明的墜落物？狗重新臥下時，很認真地這樣思考。

新興的城市正在忙碌於做族群的分類。但是族群的分類遠比政客們預料中複雜。用語言歸類的族群、用政黨歸類的族群、用出生地歸類的族群、用性交的方式歸類的族群、用政治認同歸類的族群、用年齡歸類的族群、用膚色歸類的族群、用不同思維方式歸類的族群……林林總總，似乎大家最後都迷惑於族群分類的不徹底，希望在太過籠統的族群界分中再找到更為確實的分類原則。

狗是新近被特別提出討論的「另一種族群」。

膚色——黑，性——採交尾式，語言——狂吠……，曬太陽的狗對自己新近被界定歸屬的族群特徵異常不滿，牠曾經意圖在族群討論立法會議上建議將「膚色」改為「毛色」，但是很快發展到對「狂吠」一項特徵的立法程序，使牠始終被排擠在發言台之外，沒有任何為自己辯解翻案的可能。

一個墜落的青年的身體，一個墜落的青年的身體……。

狗在極度沮喪中感覺著一個一個從城市高樓處墜下的身體。「他們也是一種族群嗎？」狗這樣憂傷地沉思著：「應該被稱為『墜落族』或是『墜樓族』？」

牠有一種先天對文字的敏感，很像一名詩人，雖然在文字完全被糟蹋誤用的沮喪中，牠還是望著即將一具一具墜落的青年的身體，準備為這盛大的嗜死的族群想出一個比較合適的名稱。

## 二〇一五年二月十二日，獨白

我總在想伊卡。那一具從天空高處直直墜落的肉體。那一具失去了翅膀的肉體。他是忘了父親的叮嚀嗎？他是忘了翅膀的羽毛是用柔軟的蠟黏合的嗎？或者，他只是想高高飛起來？即使知道高高飛起之後必然墜落的結局。

島嶼上已經沒有嗜死的族群了。嗜好死亡，迷戀死亡，用最歡悅的方式飛起，像伊卡，高高飛起，然後迅速墜落。那像是剛剛在島嶼發生的死因的死亡，「對不起，兄弟，一路好走——」，沒有想到甲午年最後幾天聽到的警語是這一句話。我為他們念了一遍金剛經，讀到「無我相、無人相、無眾生相、無壽者相」，我熱淚盈眶。

如果是司馬遷，或許可以為這六個死囚立傳吧。這樣的死亡，這樣互道珍重，這樣決絕，嘲笑著許多人戰戰兢兢的苟活。司馬遷寫歷史，寫到「風蕭蕭兮易水寒」，他知道決絕的生命一一出走，不會在歷史系瑣碎的史料裡，歷史只有那一部，不會在庸庸懦懦用「歷史」拿博士的那群人當中。他讓高歌的生命跟俗世告別，「一腔熱血勸珍重」，他們看蠟在陽光裡融化，看羽毛飛散，看自己寧為玉碎的肉體四散飛去。

胡珊華／攝影

牠們於是流竄在荒涼的城市夜晚的街道，
在嫌惡牠們的中產階級的人和寵物們入睡之後……

# 癩皮

「他們像狗一般地被驅趕著——」

城市裡新聚集的勞工，離開他們逐漸荒廢、被城市遺忘的家鄉，憑藉報紙廣告中一則小小的就業機會的訊息，整理了簡單的行李，不多久，就站在城市的擁擠的車站門口，看著五光十色的城市夜晚的各種閃爍的霓虹招牌，看著東西南北，一時不知道要往哪裡去。

伊卡於是接過這徬徨者的行李，用命令式的口吻打破那故鄉來的人初到城市時一剎那的猶疑。他說：「走吧！」然後指著街道上不知道為什麼都低著頭、匆匆忙忙趕路的城市居民說：「他們像狗一般地被驅趕著——」

伊卡住在城市河流的西岸。河流不定期的洪汛，為城市帶來經常性、不大不小的災難。河流的西岸，由於富有的中產階級逐漸移居到東區，缺乏了有力的投資，就一直停留在大約三十年前簡陋老舊的社區形式。

貧窮的困境，使社區裡的人彼此神經質地恐懼和提防著。他們的住宅，門窗都裝設了監獄式的牢固的鐵質欄杆。「他們害怕財物被偷竊嗎？他們是否擔心違法者侵入家宅，傷害他們的身體呢？」

初到城市的徬徨者有點不解地仰頭看著一扇一扇完全被禁錮的門窗。他忽然想念起故鄉可以一眼看得很遠很遠的家，可以看到山脈尾端蜿蜒入海的曲折，和晴朗時那一線豔藍得像死掉了一般的海水。

伊卡看著這故鄉來的朋友，他一旦進入這一層一層鐵門、鐵窗封閉的公寓室內，頭頂著低矮的鐵皮屋頂，就露出一種悽惶的、逡巡著出路的神經質的眼神。

鐵皮屋頂上蒸散著白日曬了一整天的熱燙的烤炙的氣味。

「這是燒烤箱——」伊卡調侃著，便剝去了身上一剎那間就被汗全部弄濕透了的衣褲，僅僅穿著一條小小的白色棉布內褲。

「脫掉衣服罷——」伊卡說：「你這樣會像狗一樣長出癩皮的。」

初到城市的徬徨者，不知道為什麼故鄉的兄弟伊卡連續用了許多次「狗」來形容周遭的人。

他順從地脫去襯衫、鞋子，當他褪去黑色的長褲時，伊卡看到這故鄉來的青年仍穿著在故鄉大家最習慣穿的打球的短褲。

「常常打球啊——在故鄉，」伊卡說。

那青年點點頭，做了一個旋轉上籃的動作，很興奮地哈哈笑了起來，拍打著伊卡的肩膀，彷彿忽然回到了可以奔跑撒野的故鄉。兩個赤膊的男子便擁抱著唱起了故鄉的歌。

因為這個貧窮的社區的首長準備去競選總統，忙碌於跑票，社區的發展更被荒廢了。在洪汛過後，由富有的東區漂流來的眾多垃圾，使整個社區發散蔓延著腐敗的臭味。

有一部分人認為，臭味的來源不只是垃圾，也是因為逐漸在蔓延的狗的一種可怕的癩皮病。

在社區街道上，可以看到一堆一堆脫了皮毛，長著紅腫爛瘡的狗，猥瑣地行走於鐵門和鐵窗之間。牠們已經沒有向人討食、乞求餵養的信心。

「牠們被腳踢、棍棒擊打，牠們知道，狗，做為寵物的乞食方式已經不可能了。」伊卡說。

牠們於是流竄在荒涼的城市夜晚的街道，在嫌惡牠們的中產階級的人和寵物們入睡之後，牠們以敏捷迅速的動作，進駐這城市的每一個角落，在收取垃圾的車子來臨之前，迅速打開每一個胖胖鼓鼓的垃圾袋，尋找那被中產階級和他們的寵物們輕易丟棄的食物。

「因此，餵飽肚子是不成問題的。」伊卡說。只是，身上那永不能治癒的，一時又死不掉的難堪而髒臭的癩皮，似乎永無終止的在城市中蔓延擴大著。於是，人們暫時想用堤防，高高的堤防，把城市西區的癩皮疫區隔開。而且為了美化，他們還發動了學生去彩繪堤防。

二〇一五年二月十二日，獨白

有時候沿著河堤走下去，會看到聚集在河堤外圍成群的流浪狗。各種不同的狗種，黑色的台灣土狗，驕矜傲氣的粉紅貴賓，眼神藍灰憂鬱的哈士奇，巨大溫馴的聖伯納，他不知道為什麼會有這麼多名種的狗，「買起來都很昂貴啊——」他不解地抓抓頭。忽然覺得頭皮中有一種難忍的搔癢。努力抓著，卻越來越癢。他想起來，電視政論節目的名嘴曾經用「據說」傳述一種蔓延很快的狗的皮膚病。他當時沒有注意聽，心想這種節目的名嘴一向都是以造謠說謊出名的，因此他們的言之確鑿的事件也都被認為是無稽之談，何況只是「據說」，就更難引起他注意聽內容細節。他通常都是坐在馬桶上看政論節目的，當名嘴們囂囂狂掰的時候，他用力掙著堵塞在直腸的乾屎，便更無法分心去注意聽關於狗的癩皮病的種種。

事實上，他真的錯過了重要的環節。因為人的偏執，讓他忽略了這即使囂掰的語言中還是有正確的資訊。

那名嘴的「據說」，正是在追蹤西區堤岸邊流浪夠大片感染頑強癩皮病的傳聞。而那是名嘴少有的一次，用如此嚴肅的態度，整理河堤邊散步的老人們的說法，「據說」這種出現在流浪狗身上的皮膚病，已經快速感染在各種寵物身上，即使主人用昂貴的藥物也無法醫治，致使寵物的主人已經開始紛紛棄養名貴狗種，形成河岸邊奇特的景觀。當名嘴「據說」的時刻，他正奮鬥於自己的便祕，無法分心細聽，終致使他錯過了重要的消息。因為名嘴像是「危言聳聽」，「據說」這種病是可以發展成「人畜感染」的。他像虛脫一樣，用盡力氣完成了自己的解放，因此剛好沒有聽到「人畜感染」。

走在河堤外，除了驚訝這麼多長癩皮病的名種棄養寵物，他也驚訝於自己的頭部會如此不可遏制地搔癢起來，才抓了幾下，手指甲中就流出膿血了。

# 歡迎

島嶼的夏日很像一張照片。但是伊卡不記得是在哪裡看過這樣一張照片。

有很吵很吵的蟬聲。蟬，一直叫，一直叫。叫到聲嘶力竭，氣力都用完了，從大樹上摔落下來，死在地上。花香的濃郁，也好像蟬聲，是一種亢奮的性慾和死亡的混合的氣息。

好像很害怕要瀕臨絕種的昆蟲，在雨夜過後，撲飛著四處尋找交配。一旦迅速交配完成，牠們就一堆一堆死在燈光中，變成乾枯的屍體。

當我們說「燦爛」，也同時在讚嘆那迅烈如煙火的短暫的毀滅吧！

在城市一家叫「歡迎」的餐廳發生巨大的火災過後，城市中便開始流傳那些受災的幽靈，十時在夜晚，乘坐著一艘船，在城市上空飄流而過的傳說。

這是當初規劃和設計這個城市建築的官僚與商人們沒有預料到的。他們為活著的城市居民設計了一整套購屋、投資的規劃，使活著的城市居民滿意而且更加貪婪地佔有更多的財富，使他們飽暖淫慾，彷彿雨夜中四處求偶的昆蟲。

「『更加貪婪』是城市投資者最需要掌握的基礎。」當一個黑道的兄弟用槍抵著城市的管理者的後背，指示他在城市的慶典中發言時，黑道的兄弟做了最不可抗拒的提示：更加貪婪。

不多久，島嶼上幾個重要的城市便以「更加貪婪」做為五年計畫中政治、經濟與文化發展的總綱。

幽靈船後來不只在夜晚出現，大白天也在城市上空飄流，據說，他們尋找一個棲息的定點而不可得。

城市在五年計畫中繁榮發展到沒有幽靈可以停泊棲息的空間。

看到過幽靈船的市民，據他們說，幽靈們也並沒有露出淒苦的表情。他們搖動著被燒得枯焦的頭顱，眼珠在空洞的眼眶內轉動，彷彿一顆柏青哥遊戲中的鋼鐵的彈珠，他們充滿幽默感，時隱時現，向看得見或看不見他們的城市居民露齒而笑，說「早安」和「謝謝」。

伊卡對這樣的傳說異常的憤怒。他甚至覺得這是別有居心的政治陰謀者惡意的中傷，使島嶼的城市蒙上了鬼魅的陰霾。

但是，抵在城市管理者背後的那把槍卻不這麼想。「城市是有各種可能『更加貪婪』的。」那容貌端正的黑道兄弟這樣說。他長期以來被讚譽愛戴，許多城市居民甚至以為他才應該是這個島嶼英明睿智，而且眼光遠大的領袖。

不多久，城市最繁華的商業區出現了巨大的以「幽靈船」為號召的遊樂區。幽靈船很像島嶼民間慶典中用來祀奉瘟神王爺的王船，極盡豪華奢侈，並且在船身上寫了很大的兩個字「歡迎」。據說，「歡迎」這兩個字是特別從英語翻譯過來的，以符合城市正在推動的本土文化運動。

「但是，為什麼『歡迎』要用金箔來貼呢？」黑道的兄弟對來自官方的庸俗一向有一種不屑。於是，第二天，船身上「歡迎」兩個字就改成了深沉、嚴肅，有死亡氣息的黑色。

幽靈船招徠了數以萬計的遊客，他們都裝扮成鬼魅的造型，像古代嘉年華會一樣，戴起各種恐怖詭奇的面具，在幽靈船上跳舞、喝酒、賭博、釣魚、打保齡球、飆車、唱卡拉ＯＫ、洗三溫暖、性交，以及為死者助念大悲咒及心經，也有一切打禪七及修行的儀式和各式各樣的藝術活動。

「一個城市是非常健忘的。」伊卡這樣想。

伊卡走過鳳凰花盛放的島嶼，看到花如血點，總覺得這個夏日的確非常像一張照片。照片上的人，他都可以一一辨認。他們露齒微笑，有禮貌和教養，他們搖動著姿態端正的頭顱，向四周圍觀的群眾頷首致意，說「早安」「謝謝」。他們轉動著和藹深情的眼睛，彷彿這是一個悠長美麗的夏日，生活幸福美滿，島嶼上的居民，活著，或死去，都應當了無遺憾，有滿足感謝之心。

伊卡因為遍尋那張他確定的照片而一無所獲，坐在城市花落如血跡的地上痛聲哭泣了起來。

## 二〇一五年二月十二日，獨白

我想走到遠一點的地方去，思考這一年開始的種種。二〇一五年，應該是一個值得深深紀念的年份吧。已未年，在一二〇年前，兩個甲子之前的乙未，島嶼從一個帝國轉讓給另一個帝國。

一個舊的帝國，已經腐朽衰敗不堪，完全無法照顧還隸屬在他帝國名下的島嶼。另一個經過西化勵精圖治的新帝國，虎視眈眈，覬覦很久，要吞下這個島嶼。乙未的前一年，兩個帝國發生了海戰，舊帝國不堪一擊，被打得落花流水。兩個帝國談判，簽訂條約，舊帝國因此賠償巨大賠款，並且將島嶼割讓給新帝國。

島嶼上起了騷動，這樣的轉讓，是好？是壞？他們焦慮惶恐，但大部分島嶼上的居民其實無法判斷。

仕紳階級的讀書人有舊帝國的依戀，他們因此起而抗爭，試圖成立「共和國」，對抗新的帝國接收島嶼。

基層的民眾和島嶼上原有的部落居民可能感覺不深，他們習慣只是從一個帝國轉讓給另一個帝國。

島嶼上仕紳階級建立的「共和國」很快潰敗了，他們抵擋不住新帝國強大的炮火。失敗之後，他們乘船逃亡，回歸到老帝國的家鄉。

島嶼上仍然有大大小小的抗爭，零星不斷，來自不同的原因，不同的焦慮和惶恐。

新帝國很快掌控了島嶼，開始修建南北的縱貫鐵路，開始施行普及教育，建立衛生和警察制度，島嶼開始「現代化」了。

島嶼的「現代化」和「殖民化」在二〇一五年初又引起了爭辯。肇因於島嶼城市一位新的城市首長對「殖民化」即「現代化」的詮釋。

「殖民化」是否即是「現代化」？大多島嶼居民還是沒有太多清晰意見。他們熱衷討論的，卻集中在關於城市首長的「亞斯伯格症」的症候。

島嶼書寫者曾經認真思考過的有關「亞細亞孤兒」的問題，除了被歌手拿來做了一首歌，其中深沉的意義還是沒有太多人關心。

任容／攝影

速度的掌握，第一是要背叛自己，
第二是，對死亡好奇。

# 飆

「如果我避過了死亡，也就是說明——我缺席了。」

他說完之後，就跨上那台黑色巨型的摩托車，發動引擎，如急風中的火焰一般「咻——」地一聲，消逝在路的盡頭。

關於速度，伊卡一直有他自己一套獨特的看法。人類總是在要求速度，好像古老希臘那個馬拉松的長跑者，「如果能夠再快一點——」這是耽溺速度者永遠的假設。

「但是，速度的掌握，第一是要背叛自己，第二是，對死亡好奇。」

伊卡和他的伙伴們，不像報紙媒體上描述的那樣猙獰或惡霸，他們甚至是斯文的，比大學文史科系裡自以為習慣於「文明知識」的偽善者更多一些沉穩踏實罷。

我忽然覺得自己是路過的旁觀者。小學、中學、大學……，我的教育使我習慣於一種「旁觀」，不管是冷嘲或者熱諷，不管是死亡或者生存，我都習慣了「旁觀」，不關痛癢。

「你是不能旁觀死亡的，——」伊卡說，他用手指指戳我的身體說：「它，就在裡面。」

然後，他跨上重型的摩托車，在筆直的路上，頭也不回地揚長而去。

島嶼的暗夜，當城市中的許多角落醞釀著各種淫慾，在城市與城市的空白地帶，在連接城市與城市的道路上，聚集起了追求速度與死亡的青年。

「速度其實是一種性！」他冷冷地笑著：「速度是一種亢奮，人類在性的亢奮高潮中彷彿死去一次，因為那高潮中，他背叛了自己，他射精了，他渴望窺探死亡之後的另一個自己——」

他和伊卡並不相識，他們從島嶼的各個角落聚集，他們選擇「路」做他們的國度，移動的國度，沒有定點的國度。

「我們佔領『路』，因為，路，不是空間，它只是一種延長，一種過程，或者說，其實，沒有人能夠佔領『路』，我們只是通過，我們嘗試用很快的速度通過，我們想到路的盡頭去一窺究竟……」

他的足踝輕踩在發動器上，他的右手轉動油門，他有一種如負重任的專注，車子彷彿被他的專注操縱，筆直地駛去。

路上其實是有些屍體的。在速度與死亡之間失衡，身體便從座墊上被彈起，好像一種物理上的拋物線，在夜晚的無始無終的路上，飛揚起來，成為美麗的弧線，輕輕殞落。

他們在暗夜的路上，很像一種殞星的碎片，散落在路上或路邊的曠野中；也很像一些被忘記了踏滅的菸頭，猶自燃燒著點點火紅的微弱的光。

「我們停下來搜集屍體，好像撿拾沒有完全熄滅的菸頭——」

「其實，在速度的極限中，肉體沒有太多感覺。肉體在安逸中是很淫慾的，好像每一吋皮膚都長出了乳頭、陰蒂和陽具，是一種很骯髒、很齷齪的淫慾。」伊卡的形容當然有點讓我吃驚，他卻沒有發現，好像也不關心。他繼續非常篤定地告訴我：「速度，使一個人純潔。」

「速度，使一個人純潔。」我重複著。

「在速度裡，人的肉體，很像一種高熱的火焰，它並不跳動，它甚至也沒有了燃燒的外貌，它，靜定成一種非常安靜的光——」

「那麼，屍體呢？你也和我一樣，看到路上有許多屍體。」我反問著。

「他們失神了——」伊卡站起來準備出發，他說：「在赴死的路上，你不能有一點點失神。」

我聽到一種聲音，很乾淨，很絕對的一種高音。像馬勒最後沒有寫完的那一段旋律，持續地升高，持續升高，在每一次應該有升高記號的地方，我都驚悸於那聲音就要破裂毀滅，但是沒有，它的確非常非常像伊卡說的那種安靜的光，在島嶼暗夜的路上，如此專注，為他們新的國度建立著信仰。

只是，聽說，最近島嶼上的路都被封鎖了。島嶼上的執法者，恐懼那無數暗夜中速度與死亡的追尋者，他們拿起了警棍，像捕殺野狗一般，獵殺著伊卡和伊卡的伙伴們。

在重重的鐵網的封鎖中，伊卡當然是極少數的倖存者，仍以他一貫的篤定，遠遠奔馳在執法者的速度之外。

## 二〇一五年二月十二日，獨白

我帶了一瓶小米酒，一包檳榔，走進巨大白榕牽連糾纏的鸞山部落，在祖靈的祭壇前，放好我的祭品，低頭祈禱。島嶼保護這個部落，保護族人，保護這些比我們祖先還要早生長在這裡的白榕，我跟祖靈說：讓我們戰鬥到最後。

那是關於平地一個殯葬業財團要收購部落土地做靈骨塔的故事。他們要收購土地，砍伐巨大的白榕，老樹連根拔起，推倒山丘，拆毀房屋，整理寬廣的平地，修建可以一方尺一方尺販賣的靈骨塔，「那是有多麼巨大報酬率的商機啊！」財團的總裁搓著他的雙手嗟嘆著。

鸞山部落的布農族孩子在梅林間玩耍，他們習慣這個季節梅花盛開時整座山中濃郁的香氣。然而憂鬱的老人們看著盛放的梅花，想像起梅子在輔導種植時的高昂價格，曾經如何鼓舞著部落居民。「一斤九十元的梅子呢——」他們歡心的傳誦著輔導上級的布告。然而，憂鬱的老人吐一口檳榔渣，罵道：「去年一斤不到五元了！」

然而孩子們還是高興梅花這樣一波一波盛開如海浪綻開的波濤。他們攀爬在巨大白榕的枝幹間，像母親一樣高大健壯的古老大榕樹，就展開他們廣闊的手臂，無遠弗屆，呵護著這些孩子。

那一天我看到了部落裡傳說中的英雄「阿力曼」，我向他致敬，他腰帶上掛著刀，有刻著美麗族徽的木製刀鞘，他面容溫和安靜，很難想像他同時可以是對抗邪惡勢力的勇士。據說，他努力擊退了財團在這裡修建靈骨塔的計畫，保護了老榕樹，保護了部落居民的住宅，保護了可以在樹上倘佯攀爬的孩子。他們說：祖靈擊退了「惡靈」。

梁鴻業／攝影

是的，惡靈的詛咒是在島嶼上以『教育』的名義在無孔不入地蔓延著。

# 惡靈

島嶼上的部落青年們原來是受祖靈神祇祝福的。他們在十三、四歲時，要聚集在族人面前，接受族中長輩以棕櫚葉鞭打身軀，表示除去邪祟惡魔侵害。月圓的光華使海洋變得異常美麗溫柔，因為所有的村落都朝向海洋，成長的青年們，就在山岩上一面看海一面奔跑，又從山岩和礁石的高處縱跳入海，在海洋藍綠色起伏的波浪間泅泳歡笑。

是不是為了驅除邪祟惡靈，為什麼要用棕櫚葉鞭打身體，已經沒有人能夠確實的知道。族中衰老的一代，用極其含混不清的語言敘述時，大部分人（包括那些受專業訓練的人類學者）都不能完全理解真實的意義。約略能夠掌握的重點只是：棕櫚葉的鞭打，使少年們的肌肉變得結實堅硬如鐵，在上山捕獵野獸時不怕疼痛危險。

但是，依照最年長的族人的敘述，島嶼是同時受著神祇的祝福和惡靈的詛咒的。

「惡靈的詛咒是從青年們不再用棕櫚葉鞭打身體開始。」

那個衰老的族人，因為老到語言含混不清，已被認為是老年癡呆的現象，包括最專業的人類學者都開始對他的敘述不耐煩起來，便常常把他遺忘在一個角落，任由他獨自喃喃著。

「惡靈的詛咒確實開始了——」老人的最後一句話被意外地留在一位人類學者的錄音帶上。

「解讀島嶼的歷史，並不是一件容易的事。」這位人類學者以後反覆一而再、再而三地聽著那一句老人最後的叮嚀，似乎意識到一點點咒語式的危機。

許多人直覺地想到，所謂的「危機」便是巨大的地震、海嘯、暴風雨、火災，或是戰爭。

「人們對眼前可見的災難或死亡是比較有反應的。」在連續數次的地震、火災以及戰爭的恫嚇之後，人類學者M在他的筆記上寫下了這樣的感想。

但是，他一而再、再而三地聽著那老人留在錄音帶上的一句話，「惡靈」的讀音是「Sha'o Nien」，詛咒的讀音是「Šǐ Wán」；他似乎讀到一點蛛絲馬跡，但是又不敢確信。

「十九世紀以來，歐洲實證主義的人類學調查，其實是白種人種族優越中心論演發出來的一種偏見。」人類學者M這樣想。因此，他極力想掙脫在自己身上也存留的許多漢族中心的思維方式，能夠更設身處地地進入島嶼族人的生活信仰中去。

他再次造訪老人時，老人已堅持不用語言交談。M有意無意地讀著「Shaò Nien」「Ši-Wán」，這些從錄音帶上聽來的辭彙。M新近領悟到，這些發音，一旦譯為漢語，變成「惡靈的詛咒」，其實已經是一種思維的誤導了。

老人聽到M的發音，忽然面容嚴肅起來，他急速地把M帶領到山岩上面一處隱秘的所在。大約有三天的時間，老人面對著大海的方向，一語不發。三天之後，人類學者M在飢餓和疲倦中感覺神思恍惚，開始學習老人跪拜和沉默的姿態。老人如神靈附身一般，舞動了起來，並且摘採了一段黃藤，以黃藤在沙地上畫圖著。

沙地上的圖畫是一些M成長中很熟悉的東西，一些「O」和「X」，一些明顯要經過選擇的「1」、「2」、「3」的數字符號。M有些訝異老人為什麼受過這樣的教育，老人便開始書寫出更為繁難的三角習題的公式，一些「舉直錯諸枉能使枉者直說」的類似大專聯考國文作文的題目，以及三民主義中民族主義的諸多論點。

山岩的背後，隱藏著一片遼闊的沙地，四周蔓生著繁茂的黃藤，M逐漸發現老人在沙地上圖畫的正是他自己的噩夢，是那一次一次奇怪的考試中奇怪的是非和選擇。

「是的，惡靈的詛咒是在島嶼上以『教育』的名義在無孔不入地蔓延著。」M終於解讀了老人意圖告訴他的所謂「詛咒」的真正意涵。但是，老人仍然在沙地上圖畫著一批一批戴著眼鏡，四肢萎弱的青年們行走在島嶼的許多叫做「學校」的地方，而當老人圖畫到最後一個畫面時，那島嶼上彷彿獼猴的族類都在振筆疾書，M或許因為體力不支罷，已完全暈厥了過去，老人便採了一枝棕櫚，開始輕輕在M身上拍打起來了。

二〇一五年二月十四日，獨白

據說，某些大學附近的野生獼猴，快速繁殖，從原來的保育類動物，已經變成人人喊殺的敵人。但是動物保育法的修改條文還停頓在立法機構，遲遲沒有審核。

獼猴的繁殖快速到令人吃驚，在人類快速流行結紮、避孕、墮胎各種減少生育的方法以減少生育的同時，獼猴剛好相反，他們沒有任何節育的計畫，因此使大學附近的社區人、猴比例已經遠遠超過當初設定獼猴為少數保育類動物的標準。

一位大學的P教授氣憤地說：「我們，我們才是應該列為少數的保育類動物。」

但氣憤歸氣憤，法案沒有修正以前，沒有人敢違法拘捕、囚禁或屠殺獼猴。

大學靠山邊的學生住宅常有獼猴結黨聚眾攻擊單身行人的事件發生了。獼猴對著落單的老師或學生齜牙裂嘴，做出極不禮貌的動作，P教授甚至說：「牠們不顧廉恥，竟然——」他沒有說完，掩面痛哭起來。使校務會議的委員們議論紛紛，交頭接耳。有人揣測是P教授受到獼猴性騷擾，有人說沒有那麼嚴重，獼猴只是在P教授辦公桌上兀自打手槍，恰巧被教授看到。但他是文化復興委員會的重要核心份子，在道德淪喪的時日常常以自盡要脅，要為古老的道德守節，因此看到獼猴如此罔顧廉恥，自然痛心疾首，瀕臨崩潰邊緣。

新近的消息是獼猴已經明目張膽侵入民宅了。有女學生晚歸，一進宿舍，開了門，就發現浴室有「人」，以為是歹徒，因此尖叫，驚醒鄰近的住戶，一位勇敢女學生匆匆趕來相救，卻看見是一隻獼猴，正從浴室衝出，「赤條條」跨過昏倒的同學身上，抓著一條粉紅色浴巾向山間逃竄而去。

昏倒後經人救醒的女學生，聽到侵入她臥房的是「獼猴」，她異常生氣，歇斯底里狂叫，堅持浴室裡的歹徒明明是「人」，而且好像是一位年輕男子。她覺得說是「獮猴」的鄰居女學生別有用心，因為她們正同時為迷戀一位校園帥哥冷戰，成為情敵，這鄰居女學生就放出這樣「令人不齒」的謠言來毀壞她清白的名譽。

獮猴好像介入了教授的道德淪喪，也介入了女學生們的愛情故事，立法機構若還不盡快修法，二〇一五年勢必還會有一次教授學生的占領立法院運動吧。

梁鴻業／攝影

島嶼上的領袖憂傷地讀著各種雜誌報紙上琳琅滿目的讖緯。

他想：島嶼需要一個穩定而有力的信仰。

# 讖緯

各種災難的傳言，在島嶼四處，如疫病一般蔓延著。關於西邊海面上忽然湧現如天兵天將一樣敵軍船隻的異象，被一個影響信眾頗大的法師以天眼般神奇的法力看到了，在證道的電視法會上，證據確鑿地預言給信眾們，要求信眾們共同的見證。

然後是島嶼上一座重要的宮殿突然發生了大火。那個長久以來彷彿和神話與傳奇不可分割的宮殿，原來屬於島嶼上一個重要的權力家族。在這個家族沒落傾頹之後，島嶼上爭奪權力的新貴，久久以來，便覬覦著一所華麗的建築，夢想著自己和自己的夫人也穿著優雅曳地的長袍，行走於那宮殿巨大高聳的廊柱之間。

但是，宮殿在一個炎熱夏日的午後，忽然為一場大火毀滅了，只剩下一個看起來仍然霸佔著空間的大骨架。許多人圍觀嘆息，他們在熊熊大火後，看到焦黑空洞的宮殿，彷彿如古代的讖緯之學，許多關於島嶼命運的流言便又再次借大火復燃了。

島嶼上的領袖憂傷地讀著各種雜誌報紙上琳琅滿目的讖緯。他想：島嶼需要一個穩定而有力的信仰。

領袖本身篤信宗教，他約略也了解到島嶼上各種宗教形成的力量，是做為政治領袖的他都不能輕率忽視的。但是，讖緯之學的興盛，也多多少少和宗教有著瓜葛牽連，是在政治上不得不防範的。

「因此，比較可行的信仰，其實是應該急切地建立起一種哲學。」領袖這樣推算著。

但是，他隨即又沮喪了起來。他比任何人更清楚，由於長期思想的封鎖和禁制，島嶼上早已沒有了「哲學」的可能。

「哲學失去了生命判斷的膽識，哲學失去了身體執行與體驗的部分，哲學失去了獨立思考的勇敢，剩下的，便只是唯唯諾諾的與庸眾敷衍諂媚的嘴皮嘮叨與鄉愿的妥協罷。」

領袖在一次大學的哲學討論會上這樣做了結論。但是，當他看到一列一列恭謹地抄著筆記的教授和哲學系學生時，他便敏銳地察覺到他的結論又將被奉為另一種庸眾媚俗的工具。

他沮喪著。做為一個貪婪而庸俗的島嶼的領袖，他的睿智與洞察事理的精明反而是他不時陷入沮喪的最大傷害罷。

然而，許多讖緯還是隨著島嶼上大大小小各種不同的災難此起彼落，快速地流傳著。人們非常健忘，島嶼上日日湧現的事件，以及日漸頻繁的資訊，帶來了全世界的驚悚的新聞：東北方向大樓的倒塌，西南方向洪流的氾濫，正西方種族戰爭中無家可歸的難民，東北邊民間一種怪異宗教進行著毒氣式的謀殺……種種種種，都經由天空的衛星，迅速地在一天之內立即傳訊到島嶼的每一個家庭，而且不厭其煩，重複播送，島嶼上的人耽讀著各式各樣怪誕而離奇的事件，使每一天都充滿著亢奮如吸食痲藥一般的經驗。

「痲藥是有毒癮的，」領袖摩挲著下頷，心裡這樣想：「讖緯其實也是一種毒癮。」

「預期一種更高潮的亢奮罷。」他在餐桌上轉身向嚼食著四分熟牛肉的夫人這樣解釋。

夫人雖然聘請了易術的學者每星期在官邸講解有關爻卦的道理，但是，關於領袖為什麼聯想著「讖緯」以及「高潮的亢奮」，夫人並不能十分了解。而且，為了顧及餐桌上的禮儀，她對「高潮的亢奮」這樣意味著性事的辭彙，也不方便繼續深究，便只好迷惘

東（André Breton）發表了超現實主義宣言，宣告一種新的思維形式的革命。超現實主義後來影響很大，畫家達利（Dali）和我最喜歡的導演布紐爾（Buñuel）很快以他們西班牙加泰隆尼亞式的詭異創作了電影短片「安達魯之犬」，描述了他們的夢境、慾望、割破眼球的衝動。

超現實——Surréalisme，並沒有違離現實，他們甚至更認真對待「現實」（real），在「現實」的基礎上重組人們潛藏在心底深處的真實慾望。例如：P教授為何會在一隻獼猴打手槍的事件裡如此失態痛哭流涕呢？如果是布紐爾，就不會關心校務會議裡喋喋不休的道德議論，我多麼切盼布紐爾可以用他拍攝「自由的幻影」的方式，呈現那一天P教授的種種，包括他早上起來親吻妻子的嘴，坐在馬桶上發呆想著文化復興重整會致詞的內容，以及在去學校的路上看到女學生滑手機的手指上顏色怪異的指甲油——也許，每一個細節都不能忽略，所以，當他從右口袋掏出鑰匙時，他猶疑了一會兒，因為鑰匙的形狀彷彿讓他想起了什麼，也因為如此，當他習慣性地把鑰匙插入鎖孔時，他聽到一種聲音，應該是鎖孔彈簧彈開的聲音，但是，好像不是，更像一種粗魯的喘息聲。研究室的門開了，他透過窗戶射進的早晨陽光，清楚看到一隻獼猴坐在他的辦公桌上，喘息著，抖動著，然後，他注意到獼猴的手與顏色紅紅的陽具。那一秒鐘，如果是布紐爾，如果是他在「中產階級拘謹的魅力」中的一個畫面，他會如何拍攝？

所以，對超現實主義的信仰者而言，重要的不是結論，不是P教授在大庭廣眾的校務會痛哭流涕的畫面，而是馬桶——指甲油——鑰匙，這些看來不相干的物件之間，像讖緯一樣在幾重鏡子裡反射的鎖鏈關係。是的，那就是「讖緯」，早就流行於中國上古時代的解析現實的方式，其實比布何東或布紐爾都要早了兩千年之久啊。

可惜努力於要復興文化傳統的P教授對這一傳之久遠的讖緯之學卻是一無所知的啊。

# 漂浮

島嶼是被海洋環繞的。在很長一段時間內，島嶼上的居民遺忘了他們被海洋環繞的事實。也許是因為關於海洋之外一些恐怖而無稽的傳言罷，島嶼上的領袖便決定以斷然的方法封鎖島嶼漫長的海岸線。

島嶼的海岸線構成十分複雜，因此，看起來簡單的封鎖工作，執行起來卻有許多實際的困難。

例如，島嶼東部的海岸，由於地殼擠壓，都是聳立起伏的岩石峭壁，本來就少有船隻停泊。除了幾個海岬、河口的港灣，需要加重兵防守之外，並沒有花太多時間，就完成了封鎖的任務。

島嶼的西海岸線，因為是沙洲堆積的海岸平原，加上島嶼上的河流大都從西岸出海，形成了向外開放的沖積扇的自然形勢，就難以達到全面封鎖的效果。

但是在長達半世紀之間的努力，島嶼的封鎖還是完成了。

封鎖的島嶼，在巨大的海洋中，好像一枚緊緊箝閉著的蛤蜊或貝類，露出頑固而倔強的表情。

島嶼的領袖，很像人類歷史上有絕對野心鞏固權力的帝王，他看著這枚緊緊箝閉的蛤蜊，有一種固若金湯的牢靠的感覺。

海洋在波動著，海洋的潮汐使領袖感覺著一種些微的不安。因為這潮汐的漲退常常無意地暴露了他嚴密的設防。包括秘密隱藏在海岸線地下的佈雷和各式各樣的陷阱，也包括許多屬於高度機密的偵測「侵入者」的儀器。

潮汐的漲退，在海河交界的地方，特別明顯。島嶼上的地理誌的學者，以十分精密的方式記錄著每一天潮汐漲退的規則。潮汐的漲退和月球與地球的引力有關，這已經是古老的知識。地理誌的學者，以月球移動的角度，推算了此後三千年間，在島嶼所在的位置，潮汐漲退的全部時間表。這牽涉到精準的曆法和天文知識，因此幾乎消耗了學者大半生的時間。

年老的學者摩挲著他蒼蒼的一頭白髮，茫然地看著電腦儀表板上顯示的三千年間星空的移動，看到一個用「T」字母代替的島嶼。他忽然發現，在以月球為主的星空移動的推算中，那原來他以為固定不動的島嶼，也隨著海洋的周期漂浮了起來。

「島嶼是移動的。」他驚愕地叫了起來。

因為一個預設元素的誤植，學者皓首研究完成的三千年島嶼潮汐推算表變成了全盤的錯誤。

學者經歷著自己一生努力建立的學說體系全盤崩解的沮喪，沉默地問自己：「我應該怎麼辦？」。他在參加領袖召集的晚宴時，雖然沒有透露這個重大的消息，但是，他一反常態的沉默以及他若有所思的憂慮的表情，都引起了精明的島嶼領袖的注意。

「你應該找時間休假，放鬆一下自己。」領袖在餐後這樣向學者建議，他看著學者一頭蒼蒼的白髮，也忽然感覺到在長達近半世紀的島嶼封鎖中，他與他的幕僚們竟已不知不覺都過了精壯的中年。

「放鬆一下自己罷。」告別時，領袖還不憚其煩地用手撫拍著學者已經有點佝僂的背部，叮囑學者要找時間休息。

島嶼的封鎖計畫在嚴密的軍方系統中一步一步推行。每一個執行封鎖計畫的部門，都依據著學者有關三千年潮汐漲退的推算，沿著島嶼西岸的沿線，做一段一段的勘查，在河海交界之間，設下了掌控潮汐的監視器，使整個封鎖的設置，完全可以擺脫潮汐的干擾。

封鎖島嶼的計畫可以說是成功的。因此，在長達近半世紀以後，島嶼上雖然有電視、廣播、報紙，各種現代社會的資訊媒體，但是，島嶼的居民基本上已完全喪失了閱讀資訊的能力。他們大部分以為電視或報紙上的報導，是一種「神話」。既然是神話，自然不是現實，也就沒有必要深究。

當學者自殺後屍體被潮汐帶回島嶼的消息在報紙上以大篇幅披露時，人們仍然以神話的心情閱讀著。這哀傷的消息連島嶼的領袖都讀不懂，因為他完全不知道學者的自殺，是為了用身體再一次測量島嶼在潮汐中漂浮的速度和方向。

## 二〇一五年二月十四日，獨白

島嶼的東部近十年來成為以土地開發獲取暴利的財團覬覦的對象。因為整個西海岸一個接一個都會人口的過度膨脹，使西海岸基本上已成為極不適宜人居住的地方。空氣的汙染，交通的壅塞，治安的敗壞，土地早已因長期過度使用農藥化肥，已經不堪種植良好作物。

河川的水質也一再變壞，原來還記得河裡溪裡都游著魚的那一群老人，日夜坐在河邊懷念他們的童年。他們跟幼小的孫子們嘮叨著一種叫做「蛤」的貝類，他們誇張地說：「你到溪裡去洗腳洗褲子，起來就滿滿一兜褲子的『蛤』——」島嶼的老人們像罹患憂鬱症的病患，群聚在西岸的許多沿海市鎮裡，日日以回憶他們的童年為題，發表對島嶼今日一切的不滿。因為島嶼今日一切都不再是他們童年的景象了。

老人們群聚的社區，中青年一代都外移做工去了，因此只剩下祖、孫兩代。老人們述說的對象，當然就只有孫子們。然而孫子們因為都迷戀起電動遊戲，目不轉睛盯著手機或平板電腦，他們的世界對於老人們一再重複嘮叨的「蛤」一點興趣也沒有。孤獨的老人們，看著社區新近興建起了一座高塔，據說花費了七千萬，他們曾經參加旅行團去參觀過島嶼最高的101大樓，回想起來也是這樣仰頭瞻望啊，高高的聳入雲天的建築也似乎一時滿足了他們對鄉里的榮耀——「我們也有了一座101呢！」他們驕傲地跟孫子們說。當他們知道修建這座高塔的W家族真的是島嶼最高樓101的股東時，他們更增加了幾分榮譽感。他們是來回饋鄉里嗎？在外地成功的企業，回到島嶼，投資興建高塔，不正是古老傳統強調的「衣錦榮歸」嗎？

但是老人們無法了解，興建好的高塔，運轉之後，為何日日夜夜飄散著奇怪的惡臭。「那是什麼樣奇怪的氣味呢？」大家努力用鼻子去聞，像野狗尋覓食物一樣皺起鼻子，用皺褶夾層複雜的鼻腔嗅覺系統去分辨空氣中的氣味，然而連野狗都逃跑了。「連野狗都逃跑了——」他們疑慮起來，那氣味裡究竟有什麼？他們跑去鄉公所詢問，鄉長派出負責環境保護和衛生的科長，開聯席會議，要對W家族興建的高塔做調查，要檢驗高塔日夜釋放出的氣味，以排除鄉民們的疑慮，讓大家安心。鄉長拍胸脯保證：一定做最嚴格的檢測。她甚至哽咽地說：二十年前鄉里發生「多氯聯苯」事件，她自己的家裡就有五位人員受害，全數死於癌症。「這是血的教訓——」鄉長的哽咽讓群眾放心了，二十年後「島嶼還要重複二十年前犯過的錯誤嗎？還可以讓居民生活在惶恐不安的環境中嗎？」鄉長和W家族企業聯合聘請了大學來的專業學者，用極懇切的語言保證要給鄉民一個交代。他們說：產、官、學聯合起來，就可以振興地方。

老人們其實對「產」、「官」、「學」這三個字的意義了解不深，大學專業教授就不憚其煩地解釋，「我就是『學』」他指著自己的胸口，然後轉身向鄉長，指著鄉長說：「她就是『官』」，最後他又轉身向W家族企業的代表，指著代表說：「他就是『產』——」、「清楚了嗎？」學者說完，老人們一致覺得詮釋得十分清楚，便異口同聲說：「清楚！」並且鼓起掌來了。

# 繩索

一個老舊的市場，鄰近城市火車站的正後方。在五〇年代曾經是大量商販貨物堆卸集散的地區，中盤的商販在這裡轉包裝、交易，轉售給零售商。因為中、小商販聚集，也因此發展出格調不頂高的旅舍、餐館，供搬運工等填飽肚子的小吃攤、清洗身軀的大眾浴室和解決性的需求的私娼寮。

在城市大多數社區重新因應新的商業需求紛紛改建之後，不知道為什麼，這個鄰近火車站後方的舊市場卻仍然維持舊日的模樣。到處流散瀰漫著魚、肉、菜販洗滌屍菜的汙水，夾雜著魚腥和肉的腐敗的氣息，菜葉發黃萎爛的酸嘔，即使在晴日，也是一地濕髒的泥濘。

在新式的魚肉生鮮超商紛紛崛起之後，年輕新成婚的夫妻大都不再涉足這一類瀰漫著叫聲和氣味的舊市場。他們偶爾經過，也都摀著口鼻，迅速地走過，心裡嫌厭這樣髒臭的所在，也因此開始抱怨城市的落後不進步。

伊卡是追隨一隻心事重重的黑狗，誤打誤撞地闖進了這個市場。

市場的左側有一排賣各式繩索的店鋪，從棉線捻成的細繩，到麻繩、草繩，以及手臂粗的好幾股尼龍線絞在一起的似乎是海船起碇用的大繩索，滿滿一條街，全鋪滿了繩索。

伊卡好奇地看著這麼盛壯的繩索的店鋪，看著店鋪老闆以木尺丈量著繩索，用鋼剪鉸斷，然後用手抓套在肩膊上，一繞一繞，繞成一個整齊而結實的繩圈，交給買者，銀貨兩訖地鞠躬說笑著離去。

伊卡看到那男子時，男子站在一間底矮的理髮廳門口，笑著向伊卡說：「坐啊！理髮。」伊卡看到一個小小的鐵皮招牌，用紅色油漆寫著歪歪倒倒幾個笨拙的字：親親理髮廳。

只有兩張皮製理髮椅的空間，只是騎樓屋簷下斜搭出來的一小塊違章的建築。上面草率的幾根橫梁，架著四、五片石綿瓦。伊卡懷疑地左顧右盼，因為男子告訴他從有舊市場開始，就有了這個親親理髮廳。

男子把伊卡的頭扶正，埋怨地說：「你這樣扭來扭去，怎麼理啊！」男子有些猥褻的聲音，使伊卡看了一眼他一直露到小腹都不扣扣子的襯衫，以及他油膩帶著甜俗香氣的髮乳的氣味。

「以前，叫做『後火車站』的時代，不只是理髮，也服務你這樣俊帥單身的少年兒啊！」男子這樣敘述了親親理髮廳的歷史，伊卡才知道是兼具著賣淫營生的行業。

「你一個人？」伊卡好奇地問。男子搗嘴嬌笑起來，撒嬌地發嗔說：「我有那麼老嗎？」

伊卡看一看，大約二十剛出頭的男子，很高削的顴骨，斜吊的眼睛，染了一頭紅紅黃黃的頭髮，襯著青白的臉色，不時嘴角叼著一根香菸，又像鄙夷又像怨嘆地苦笑著。靠牆的一邊，用花布拉了一道花布簾子，簾子裡傳出一種奇怪的低低的喉聲時，男子就憤怒地向著簾子裡叫罵著：「去死啦，這時候又叫了！」但是他還是丟下了剪髮的工具，跑進簾子去了。

市集人潮逐漸散去。伊卡不知道為什麼擔心起來，他恍惚間覺得那隻黑狗被繩索勒死，吊在白日賣豬肉的肉攤上。男子說的關於那個喉嚨中堵著痰的老婦人，是他的祖母，是五〇年代經營這理髮店的老闆娘，生下一個女兒，長大後繼續經營這店，女兒後來跟一名跑單幫的商人跑去了日本，留下了一個兒子和一個中風了的母親。男子說：

「還好啦！就是常常要替她抽痰，三餐餵飯，是有夠麻煩的。」男子又恢復了他慣常猥褻式的嫵媚。伊卡便忽然記起了他一路尾隨的黑狗，覺得這偌大的城市恐怕將一起聯手謀殺了牠。

## 二〇一五年二月十四日，獨白

關於島嶼的漂移，他讀過一些書籍。有些學者甚至認為今日的南美洲大陸和非洲大陸在遠古時代都是相連接的。因此已經不是島嶼漂移的問題，而是陸地漂移的問題了。那麼大塊的非洲和美洲大陸都可以漂移，島嶼的漂移就不算什麼了。陸地漂移的學者中包含地質、植物、天文各方面的權威學者。他們追溯今日氣候、地景、產物都十分不同的兩個大陸，但考古的資料證明，在八千年前他們存在著相同的地質結構或植物化石。這是如何解釋呢？甚至人類學家也補充了更接近歷史階段的證據，例如產生於北部非洲的金字塔陵墓建築和美洲祕魯一帶馬雅文化的高台建築（例如馬丘比丘）也有不可思議的相像性。

島嶼漂移的理論研究一開始就被禁止了，因為所有島嶼政治的主導者都有自己對於漂移的嚮往和結論。例如，島嶼的漂移，要向哪一個方向？向東北漂移？成為島弧帝國的一部分？或是向西漂移？島嶼政黨領袖有許多是反對西進政策的，向西漂移的理論當然是「資匪」，必然要被撻伐，也要禁止。向南漂移，將和颱風最多的地區連接，向東漂移是很多近半世紀島嶼移民的夢想，但是必須跨過幅員廣大的太平洋區，似乎也十分艱難。島嶼的漂移理論還是有學者認真暗地做研究，但因牽涉到政治取向，都不敢聲張。政治取向聲音太大，總是淹沒了島嶼真正科學的研究。所以島嶼上說「真理」的時候，通常都是謊言。

梁鴻業／攝影

島嶼的四處，都明晃晃的，
閃爍著不安定的光。

# 颱風

暴雨過後，島嶼的天有一種清明的藍色，非常透明，映襯著輪廓鮮明起伏的山脈。因為海洋的反光吧，島嶼的光線是非常複雜而且多變的。好像上帝在島嶼的四周鑲嵌了許許多多面鏡子，海洋的透明的光，也從四面八方映照折射著島嶼的山水、建築和人。

雲在經過島嶼的時候，會有特別眷戀不捨的姿態，拖得很長，一絲一絲，在湛藍的底色上的白色的雲，有一種彷彿舞蹈的速度，慢慢經過這個其實一不小心就會忽略的島嶼。

夏季的時候，鏡子的反光是特別強烈的，島嶼的四處，都明晃晃的，閃爍著不安定的光。光的游移，使人的視覺有一種恍惚，有一種介於華麗與幻滅之間的印象，有一種瞬間即逝的虛幻，但是，記憶猶深，彷彿是一個浮在空中卻在逐漸消失中的島嶼。

伊卡有時候和他偶然相識的狗坐在高高的堤防上看傍晚黃昏的雲。年老的人可以從晚雲的色彩預兆颱風的來臨。這個海洋中的島嶼，長期以來養成了對風暴的恐懼，因此，自然中許多徵兆都是與颱風有關的，諸如草莖的變化、雲的色彩、夜間的月暈……等等。

「雲的邊緣，有淡淡的血色，你看——」老人很耐心地指給伊卡西天上絢爛的晚雲。伊卡其實不很分得清「血色」和「紅色」的差異。他茫然地看看狗，狗卻若無其事地轉開了頭。

關於颱風來臨的徵兆，對伊卡而言，沒有那麼值得重視，也許是因為他不曾擁有土地，土地上的建築，建築中的家人和珍貴財物吧。伊卡想：颱風究竟會使人有什麼損失呢？

童年的時候，當颱風來臨，伊卡便和他的友伴雀躍起來。他們立刻奔進狂風暴雨的溪流中去，從高高的岩石縱躍入海，他們泅游潛水，在急湍的漩渦中歡呼。

「颱風會使人有什麼損失呢？」

伊卡看著眉頭深鎖的憂傷老人，他終於想起，一次劇烈的颱風，曾經吹走了故鄉河口整片沙灘地的西瓜。

「你種西瓜嗎?」伊卡覺得可以分擔老人的憂慮了。

但是老人搖搖頭,一語不發地仍舊細細觀察著晚雲的顏色。

少年們是特別興奮的。他們泅泳在許多漂浮在水面上的西瓜之間,西瓜有些還連著葛蔓,比較容易抓提。聰敏的少年便一手提著七、八個西瓜,慢慢在急流中泅泳靠岸,在西瓜被拉到岸上時,少年便像捕獲了大魚的漁人一樣,被人簇擁抬起,受到如英雄般的歡呼。

但是,大部分的少年是和西瓜一起在水中浮沉,風浪太大,西瓜在水中翻滾漂浮不定,若是連根蒂也吹斷了,一個渾圓的西瓜,在水中是很難著力的。伊卡記得,許多少年便彷彿玩樂一般,努力騎到比較大的西瓜上,又立刻翻倒,可以在一整個颱風的季節,渴望著再有一次西瓜田氾濫的盛況。

據說,那西瓜田是一個在北部都會的詩人最後的家產,伊卡他們便惶惶然打聽了詩人下落,終於在杳無音信之後,這一群少年都有一點悵然,各自整理了行李,準備到都市中去就讀或打工。

「颱風在這個特別炎熱的夏天是一定會來的。」老人有點沮喪的五官皺縮在一起，使伊卡也有一點難過，但是堤防上的狗不以為然地搖搖頭，伊卡便勇氣百倍地站起來，拍拍老人的肩膀說：「有人從大風大浪中拉起這麼一長串西瓜呢！」伊卡用手比劃著，他決定告別老人，他決定在恐懼的災難來臨之前，好好去跑一次五千公尺，伊卡便呼嘯了一聲，向堤防一端跑去，黑狗也迅速跟上，晚雲的紅色已漸漸暗淡下去了。

## 二〇一五年二月十五日，獨白

湄薩的大象，我在一個叫湄薩的地方看大象表演。

大象似乎智商很高，表演向觀眾屈膝下拜，表演搖頭擺尾，都讓觀眾大樂。

我比較驚訝的是大象用鼻子捲起整串香蕉，完整塞入口中。

接著大象表演了踢足球，一頭守門的大象可以用頭把對方踢來射門的球用頭頂飛。

觀眾都覺得太神奇了，然而更有趣的是還沒有表演。最後一場表演或許是為華人觀眾設計的吧，因為剛好是華人的新年，表演場上就準備了筆墨紙硯。「不會吧！」。我心裡想：真要大象寫書法嗎？剛開始一頭大象用鼻子尖拈起毛筆，這已經使我嘆為觀止了。剛好P教授最近為文，議論了關於中國書法的種種。我因此也對大象這場表演特別留意。

P教授自從在校園被獼猴自慰驚嚇過以後，言論有時異常。這所大學師生包容性很大，不但不以為意，甚至也多投以憐憫的眼光。至於P教授歷史的專業，偶爾炫耀初學書法，自然不是甚麼罪惡。P教授書法議論的重點其實與他看到猴子自慰有關。猴子自慰，專注陶醉，兩眼直視勃起陽具。P教授因此領悟，書法執筆指法當如此，日日苦練，練就獨門執筆方式，以此自得其樂。但他不知道這種「猴急式」的執筆法，日久必然形成鬥雞眼。不多久，校園就盛傳P教授猴子自慰事件後驚嚇成了鬥雞眼。

島嶼慣於煽情八卦，本來已無人關心是非，校園久以如此，以訛傳訛，P教授的視

# 芝麻

錢，一夜之間，忽然全部從銀行裡消失了。島嶼上的居民非常驚惶。他們簇擁堆擠在銀行的門口。但是因為守衛森嚴，不能夠完全接近。但是，前一排的人確實看到，銀行裡完全空了。只有幾盞白白的日光燈，照著銀行主管白白的臉；他很無辜地說：錢，在一夜之間，忽然消失了。

前排的人，耳語著把話傳到後面，在銀行前面擁擠著的人群如海洋的浪潮一樣波動了起來。但是，他們是非常鎮定的。島嶼的居民，長期以來，習慣以一種參與嘉年華會的快樂來面對一切的異變，包括地震、戰爭的砲火、水災，和這一次──比任何一次更詭奇不可解──錢的突然消失。

關於錢的主管單位聘請了幾位知名的學者，向群眾們解釋，錢的突然消失，幾種可能的線索。他們首先希望擁擠在銀行門口的群眾建立一個基本的共識，那就是：錢突然消失了。這是一個純粹的物理現象。

「這是我的錢。」一個農民攤開他的存款簿，很努力的解釋。

「不——」代表島嶼官方的學者很耐心地推一推眼鏡，他說：「歐吉桑，你一定要了解，這與你的錢，或她的錢（他指著一個職業是菜販的婦人）無關；這是一個純粹的物理現象。」

群眾們雖然很焦急，但是他們充滿了求知的熱情。他們在炎熱的太陽照曬下，原本已經有點昏暈的頭腦，也因為學者的理性引導，恢復了部分思考的能力。

學者說：「你看——」他拉開自己的褲袋，拉開西裝上衣的口袋，他說：「right？錢不見了。」

群眾們悄悄耳語：「是不是變魔術？」

「變魔術！變魔術！」大家突然都興奮了起來。

學者感覺著一種前所未有的沮喪和孤獨。他其實很認真地在思考錢突然從島嶼各個角落消失的原因。起先是銀行，後來蔓延到一般的企業的錢櫃，然後是一般家庭抽屜裡的錢，行走在街上的人口袋裡的錢，「『咻——』的一聲，忽然都不見了——」一個茫然地站在警察局裡報案的男子這樣形容。

「有『咻——』的一聲嗎？」負責記錄案情的警員打斷男子的敘述，很仔細地查問：「你確實聽到『咻——』的一聲嗎？」

男子有點猶豫。他是在等公共汽車，車子來了，他一面上車，一面伸手到慣常放硬幣的右邊褲子口袋掏錢，但是，「錢不見了，一點聲響都沒有就不見了。」他仍然一臉茫然。

警員有些生氣了，他丟下筆，頹然地靠在椅背上，他說：「你剛才說『咻』的一聲，現在說『一點聲響都沒有』，你前後敘述的情節怎麼會有這麼大的差距？」

男子也忽然發現自己報案的方式不太精確，便很努力地回憶那一刻，究竟有沒有「咻」的一聲。他在警員前示範了幾個動作，很像拙劣的學習表演的學生，把右手放進口袋，頭向右傾側，表示一種聽覺上的努力。

「科學的準確，是非常重要的。」警員說。這是他引述自報紙上讀到的學者的話。

學者認為島嶼上發生的錢突然消失的現象，可能是人類歷史上空前的一種物理學上新領域的突破。他雖然專研經濟，但是他始終對物理的領域有更大的興趣。他在家裡用了無數裁成錢的大小的白紙，和製成硬幣形狀的銅片來做實驗，他在日記上寫道：你看，紙和金屬片都不會消失，只有被製成「錢」的紙鈔和壓成錢幣的金屬片才會消失。

「『錢』已經有了獨立於物質之外的特殊意義。」他這樣做了結論。但是，第二天起來，他再度沮喪地發現自己推論的錯誤，因為，新的報導是：錢並沒有消失，它們只是變成了一種很像「芝麻」的極小極小的顆粒。

## 二〇一五年二月十六日，獨白

這是需要補充說明的一段，「芝麻」的涵義究竟是什麼？有特別的證據說「芝麻」小到找不到呢。城市建造一座巨型巨蛋的故事，有一點像芝麻突然消失得不可思議。

最初南方的城市有一巨蛋，捷運經過，必須命名，本土意識的覺醒使大家努力尋找「巨蛋」的島嶼福佬發音。從「巨卵」到「天壽大仔卵」，都在議會中提出。但福佬移民上百年前，移民之初，篳路藍縷，實在沒有可能預見「巨蛋」出現，自然也不容易憑空捏造一個詞彙。

島嶼北邊的更大巨蛋隨後設計開工，中途政黨改換，新任城市首長開始詳細查勘，發現許多問題，諸如設計的改變，包括安全疏散的錯誤，包括可能對城市大眾捷運系統崩塌的威脅。或許讓許多人突然想到了「芝麻」的預言。錢，像芝麻一樣消失不見了。島嶼一直重複著一樣的故事，荒謬而不可解，沒有人繼續追問，總是不了了之。這一次，因為新首長的「亞斯伯格症」，好像市民們又燃起一絲希望了。可以找回一些芝麻嗎？大家拭目以待。

梁鴻業／攝影

在戰爭的恐懼、等待、準備、
防範的長期疲倦中，
河口一帶的少數居民和駐防的守軍都完全鬆懈了。

# 木麻黃

他在孤獨中清醒著。當夏日炎熱的暑氣逐漸消褪，在城市邊緣靠近港灣的地方，一些晚飯後的居民，閒閒走在高高的堤防上。他們都驚訝於天空在繽紛的落日紅霞之後，有一片極清明深邃的光，像一面鏡子；一面沒有任何景象、獨自發著亮光的鏡子。

港灣的右側，到了大河出海的地方，因為沖積的泥沙，形成一片頗為廣大的沙洲，日久累積，漸漸墳起為丘阜，上面便開始生長蔓延起海邊耐鹹耐旱的植物木麻黃。

這片河口的新生地因為密密生長著木麻黃叢林，就被附近駐紮的軍營選擇做為訓練單兵作戰的場所。在叢林中修挖了壕溝和一些散兵坑，也建築了幾座水泥碉堡。

戰爭卻始終沒有發生。

在戰爭的恐懼、等待、準備、防範的長期疲倦中，河口一帶的少數居民和駐防的守軍都完全鬆懈了。他們把戰爭當作一種巨大可怕、但是又永遠不會出現的惡魔看待；彷佛一齣童話，很可怕的惡魔，一直不出現，最終也變得有些荒謬可笑了。

在夏季很長的島嶼，夏季的熱無休無止，使人慵懶。從戰爭中完全鬆懈下來的守軍，像享受悠閒的度假，赤裸著肉體，或僅著紅色布短褲，在廢棄的碉堡上做日光浴。木麻黃稀疏的日光，使他們搽了植物性油脂的皮膚發著亮光，他們年輕安逸，耽於享樂，耽於一種日光溫暖金色的美麗，耽於木麻黃有一點刺激性的野辣氣味，耽於海風一陣一陣帶來有著魚腥與鹹味的空氣，耽於他們自己的青春勃發的性的渴想，他們便在艷藍的天空下赤裸地撫摸交媾起來，在同僚之間，也在附近村落的男子與女子間，傳播著這戰爭的威脅過後，一種亢奮於生殖，又亢奮於毀滅的性交。

「也許許多世紀之後，會有人在這片野悍的木麻黃叢林中找到一些肢體的片斷，或一些足跡的殘留罷。」他在孤獨的清醒中這樣細想。

如果戰爭真正發生，這些碉堡都將裝備起武器，軍事們勤於操練，並且大聲唱著效忠和誓死如歸的歌曲，最後，也許會有許多年輕即死亡的屍體，遍佈在這木麻黃的叢林，被日光曝曬，在夏日烈焰中蒸發腐爛，剩下一些肢體的片斷，一些不容易再辨識的足跡的殘留。

然而，戰爭始終沒有發生。

木麻黃叢林中躺著做日光浴，因為性慾和奇怪的渴望逡巡著的身體，日漸多起來了。彷彿壕溝、散兵坑和碉堡都掩護著這秘密的性的追逐，在長期戰爭的疲倦中，他們找到了另一種方式彼此擁抱或屠殺。

「我們因為戰爭或性愛而結識？」他在亢奮的巨大幻滅中，看著身邊的伴侶，明明知道不會有任何答案，他還是發問了。他是那個從戰爭的世代一直活下來的少數男子之一。

他把伴侶掩埋了。他戴起鋼盔，在腰間扣起了帆布的S腰帶，他蹲下去，很謹慎地打起綁腿，並且重新擦拭那雙陳舊但仍然發著亮光的皮鞋。

他是全身赤裸的，但是，戰爭的裝備一件都沒有少。在他的帆布S腰帶上，他甚至還懸掛著不鏽鋼的野戰時用的水壺。

在將近半個世紀的宣傳中，戰爭被教育成一種高貴莊嚴，近於宗教的奉獻。在木麻黃的坑道間，是近距離肉搏的訓練，用短柄的匕首刺入敵人的咽喉，那種如豹子一般的敏捷迅速，使戰爭的世代，忘不掉那效忠和誓死的歌聲。

然而，戰爭始終並沒有來臨。

他決定獨自發動一次木麻黃叢林的戰爭時，正是那蟬鳴嘶吼到沸騰的夏日的末尾。

仍然是一種近距離的肉搏，仍然是高貴莊嚴到近於宗教的奉獻，他使只在邊緣繞來繞去逡巡的城市性渴望者亢奮於野悍的生命意義。然後，他屠殺他們，一一掩埋了他們，如同他鄙夷那城市中低淺庸懦的道德。他堅持這樣赤裸而又全身戰備地在木麻黃中死去，彷彿應驗了那半世紀以來戰爭的傳言。

## 二〇一五年四月十五日，獨白

一個少年的殺人事件使大家忘了追究錢為何像芝麻一樣消逝了。少年殺人的事件發生在捷運上，他曾經為這殺人計畫讀了數年軍校，努力鍛鍊身體，像一個最優秀的軍人，意圖學會最短時間最俐落機動的有效殺人手法。如果他不是在捷運上隨機殺人，而是在戰場上，例如，在IS國的領土上效命於聖戰士，他是否會得到神蹟一般的獎賞？許多戰爭裡都訓練過同樣的聖戰士，例如日本在亞洲戰爭中曾經訓練的「神風特攻隊」，

十七、八歲的青年，狂歡一夜（據說就在花蓮的松園），次日駕著只有單程油耗量的戰機，飛去敵軍的航空母艦，用機身直接撞擊航母，使敵人無所措手足，也使敵人損失慘重。

少年殺人事件，使我想到神風特攻隊的少年。

據說他是「隨意」殺人，「隨意」與「有意」的差別是什麼？

他不悔罪，沒有對死者的歉意。神風特攻隊的少年當然也不會有悔意，也不會對死者有歉意。我端詳那一個一個少年英姿風發的面容，照片裡的青春褪色了，然而還是令人迷惑，死亡是可以像一種美學嗎？如此嘲笑著他們的文明。

# 我是狗

伊卡好幾天沒有看到他的黑狗，整個城市都在忙著選舉一名新的領袖，焦慮瘋狂，彷彿失去魂魄。「那麼，牠在忙些甚麼呢？」伊卡不解地心裡這樣想。

黑狗並沒有走得太遠，牠只是希望稍稍離開一下伊卡。牠感覺到伊卡對牠太過依賴，「一個男人如此依賴一隻寵物，是多麼荒謬的事。」黑狗心裡斟酌了幾天，便決定暫時離家出走。

因為沒有很確定的目的，牠就在伊卡居住的社區附近閒逛。

牠也遇到一些狗，不太願意被當成寵物豢養，也無所事事地在街上閒逛。彼此看到，都有一點好奇。先是停下來，然後凝視，然後彼此口鼻聞嗅，然後就彼此再聞嗅一下對方的生殖器。

聞嗅了對方的生殖器之後，並不一定性交，有時候反而搖搖頭冷漠地走開了。

和伊卡在一起太久，黑狗有一點遺忘了牠的族群的習性；所以，在閒逛的當初，一隻不相識的狗把口鼻鑽進牠的胯下，聞嗅牠的生殖器，黑狗竟然驚恐地逃避了。

逃過了幾條街之後，黑狗才忽然記起來自己是一條狗。

「我是狗！」黑狗用一種尖銳的吠聲提醒自己，其他的狗都站住圍觀；牠們不能夠理解黑狗尖銳的吠聲中有一種難以言宣的辛酸。

「我怎麼忘了自己是狗——」黑狗用尖銳的吠聲喚醒了自己族群的意識，心情比較平靜了。牠看到街頭上正在為了選舉新的領袖，城市中兩種不同意見的族群遊行表態的隊伍，他們用尖銳的叫聲不斷吼叫著，試圖壓倒對方的聲勢。

「他們是人，他們也不願意遺忘了自己是人的事實。」黑狗很滿意地看著兩行隊伍交叉走過。牠對這樣一個新興的城市充滿了希望與信心，人與狗都在學習，也都在進步。

然而黑狗對於自己族群見面中聞嗅對方生殖器的行為開始有了困惑。

「為什麼要聞嗅對方的生殖器呢？」黑狗慎重地思考著，牠是不輕易放棄對問題的思辨的。

為了驗證這樣的行為，牠特別有意走到狗族群聚集較多的地區，在不被人豢養，還具備比較純粹的狗性的流浪狗之中去做了實際的觀察。

是的，黑狗發現越是遠離人的生活的狗，越是顯露出明顯聞嗅對方生殖器的行為。牠們在碰面之後，略一凝視，很快就互相鑽進對方的胯下，以深情而眷戀的方式聞嗅著對方的下體，在辨認完器官的氣味形式之後，牠們或者搖搖頭離開，或者很快就氣喘吁吁地爬上去性交起來了。

「牠們急切地要讓自己的族群可以繁殖延長，可以擴大成更強勢的族群吧。」黑狗悲憫地這樣想。

然而黑狗也哀傷地發現自己似乎與伊卡相處太久，已經失去了那樣急切地聞嗅對方生殖器的慾望。

「其實，主要的關鍵在於人類穿起了衣服。」黑狗很高興自己找到了論證的重點。「人類的生殖器被覆蓋在衣服下面，因此，他們很難辨認對方的性別。」

黑狗想像兩個人類碰面之後，鑽進對方的胯下，像狗一樣聞嗅彼此的生殖器的畫面，忍不住捧腹笑了起來。但是牠很快就停止了笑，把自己的前蹄從肚腹上移開，牠有點自責地問自己：「我怎麼習染了這麼多人類的動作！」

事實上，沒有幾天，黑狗就陷入更大的困惑與矛盾之中。

當牠逐漸閒逛到城市比較富裕的區域，牠遇到許多「狗」，牠們在長期受人豢養之後，已經幾乎完全習染學會了人的表情和動作。牠們絕不低俗粗暴地聞嗅對方的生殖器，牠們驕矜地走在城市繁華的街道上，和牠們的主人一樣，有一種城市新興富有者的悠閒與自信。

「牠們都已經結紮了——」有一天黑狗聽到一個主人這樣驕傲地向他的朋友介紹他所豢養的幾條狗，牠才了解了牠們不聞嗅對方生殖器的另一個可能的原因。

黑狗或許是流浪疲倦了，過了幾天「尋找定位」的迷惑日子，牠終究還是回到伊卡的居所去了。牠也覺得，有關自己認同上的困惑，或許是注定沒有希望獲得解答了罷。牠也很想尖銳悲情地叫幾聲：「我是狗！」以表示某種說不出的辛酸，但是，牠似乎有點哽咽，竟然無法發聲。

## 二〇一五年五月十五日，獨白

法官們聚集在一起，表情嚴肅。他們首次開始詳細研討關於島嶼上原有獵人的族群文化。

島嶼多高山，自然有許多部落是依賴捕獵野獸維生。部落酋長或勇士一向在身上裝配山豬的牙齒、頭冠上插鷲鷹的羽毛，甚至披野熊、雲豹的皮毛，都有炫耀的意義。表示在與野獸搏鬥時的勇敢無畏，勇猛足以擔當優秀的獵人。

部落艱難生存的記憶慢慢消失了，早在一百年前，日本的統治就試圖改變這些盤踞在高山上的部落獵人的生活方式。他們被認為是「危險的獵人」，手中握有武器，有嗜好殺戮鬥爭的基因。

許多部落被遷移下山，弓箭長矛彎刀繳械，獵人失去武器，失去獵場，坐在平原盆地上發呆，看著日復一日的落日，想像高山上同樣徬徨的雲豹野熊。「沒有獵人，野獸們也寂寞孤獨嗎？」一個老獵人迷失在城市東區，詢問每一個路過的人。他固定出現，重複詢問同樣的話：失去獵人，野獸也寂寞孤獨嗎？

東區警察所自然有這老人的列管資料。他是遊民，也有輕度精神分裂的幻想症候，然而「並沒有暴力傾向」。

法官們研擬修法，重新恢復島嶼上「獵人」的職業。

梁鴻業／攝影

他竟然幻想起一個在歷史上微不足道的小國，
彷彿在萬山環抱之間，
過著平靜與世無爭的生活……

# 夜郎

最近比較有趣的事是關於「夜郎自大」這個成語的一些爭論。

不知道為什麼，在島嶼上，以訛傳訛，「夜郎」變成了「夜晚的男子」的意思。在青少年之間，大家便很自然地吹噓起「夜晚的男子」如何「自大」的種種與性的誇耀有關的俚語。

一名長年教授國文的先生因此極為憤怒。他最初只是以讀者投書的方法，在報紙不很受人注意的地方披露了關於「夜郎」真正的典故來源，引用了一些史籍，也當然很慨嘆地表示了他對現今文史不彰的現象痛心疾首的心情。

但是「夜郎」這個名稱，並沒有因為這位教授的辨正，糾正了在大眾間逐漸傳衍開來的錯訛的說法。許多分類廣告中就赫然看到以「夜郎」來招徠生意的文字，而且大家也都逐漸習以為常，沒有任何疑義。當整個社會大眾都接受了「夜郎」的另一個意義時，那位教授指正的典故出處就完全被淹沒了。

這是一位現今已很少見到的有風骨的教授，他為他的真理的堅持寫了一篇很長的「夜郎考」，指出夜郎這一歷史古國所在的位置，指出它與當時大漢帝國的關係，也指出了它因為「自大」而招致的亡國的命運。教授攜帶著這篇文章，從城市最繁華的商業區的一棟十七層的大樓跳下，當場便殞命了。

那篇「夜郎考」被血跡所染，其實並沒有很認真地被閱讀。一些趕跑新聞的媒體記者，在匆促間，誤會了一些細節，竟然有一家報紙的社會版第二天出現了「夜郎跳樓自殺」這樣的標題。

是什麼原因使伊卡對「夜郎」這樣的報導發生了興趣，他自己也並不十分清楚。他倒是注意到了「夜郎」做為一個國名的資料，「YELANG」，他用自己部落的語言讀了一下，覺得和自己的母語竟然有些相似，也許就因為這樣的原因罷，他竟然幻想起一個在歷史上微不足道的小國，彷彿在萬山環抱之間，過著平靜與世無爭的生活，對群山以外的世界所知很少，似乎正是因為這樣的原因罷，「夜郎」觸怒了當時非常有野心的大漢帝國，便舉兵征伐，一下子滅掉了這個後來在歷史上就不見了的小小國家。

伊卡在他小小的鐵皮屋裡，貼滿了和「夜郎」相關的剪報，其中有教授的投書，也有許多用「夜郎」來經營色情的廣告，伊卡還畫了一張很漫畫的圖像，一名舉著巨大陽具的男子，穿著一件T恤，T恤的胸前便印著兩個大大的漢字——夜郎。同僚們一時間就取笑了伊卡。他們當中的確已有數名新來城市的謀生者，一時找不到工作，便依照報紙分類廣告的指示，聯絡到了一些徵聘「夜郎」的場所，以他們健壯純樸的身體滿足著城市中渴望著性的歡樂的女子或男子。

「不是啦，『夜郎』原來是一個國家啦！」伊卡也向他的同僚們這樣解釋，他並且嘗試用他覺得很親切的發音念給大家聽：YELANG——」

同僚們便更為放肆歡樂地狂笑嘻鬧了起來，他們不能想像一個國家都是「夜郎」這樣荒謬可笑的畫面，便每人假裝舉起巨大的陽具，在伊卡的小屋中彼此追逐調侃遊戲了起來。

入夜以後，伊卡和他失眠的黑狗，坐在暑氣還未散盡的鐵皮屋頂上，看著城市遠處閃爍著各種顏色的霓虹燈。

伊卡和他的黑狗，其實都並不真正能夠了解一個「國家」建立或者被消滅的任何意義。「島嶼」或「城市」對伊卡來說是比較具體的，如同「海洋」、「河流」、「山脈」、「天空」。他無端想念起那個叫做「夜郎」的國家，「如果它真的是一個國家——」伊卡在心裡盤算著：「它是不是和我的島嶼一樣，有彎彎的河流，有一座接一座的山脈，有晴天時湛藍的天空……。」

因為一種不能解釋的憂傷罷，伊卡和他的狗都失眠到了天亮。

## 二〇一五年五月三日，獨白

有一天，如果我居住的島嶼，不再是一個「國家」，我會如何尋找自己的歷史？

我在意自己居住的島嶼不是一個國家嗎？

夜郎是一個真實存在過的國家嗎？

夜郎如何自大？

我看過雲南一帶古滇國的青銅器，在晉寧石寨山出土。時間相當於漢代，卻與漢代文化完全不同。石寨山的銅器有尖角的野牛，人物斷髮紋身，很像伊卡。銅器上也有俘虜，綑綁在短柱上，似乎正待宰殺祭祀。夜郎是這樣的文化嗎？很讓我迷惑的青銅雕塑，像一座一座銅鼓。

為何這些銅器總讓我想到「夜郎」？想到徬徨在許多山口回不了的獵人的後裔。

如果，夜郎真實存在過，他如何被消滅了？夜郎是一個國家嗎？或者只是部落。

夜郎自大，應該是一個嘲諷的詞語嗎？或者，夜郎只是滿足於自己存在的一個小小部落。

夜郎不知道，他將被消滅了，但是這些，對頭腦簡單的伊卡或他的黑狗，都深奧複雜難以理解。

有一點沒錯，伊卡的家鄉的確很神似「夜郎」。

# 扶桑花

在陸續老去的花朵中，他憂傷地凝視著那新開的蓓蕾。不知道如果季節仍舊這樣流水一般逝去，凝視或不凝視，憂傷或不憂傷，又有什麼差別？

他說：你是一個美麗的女子。

女子有些靦腆，便用大朵的紅色扶桑花遮住一隻眼睛，淺淺地微笑著。

如果依照島嶼最初的傳統，這男子應該以近於吆喝的歡呼與叫聲來歌讚女子的美麗的。然而，長久以來，島嶼道德的敗壞，使這男子有些猶豫遲疑——他剛剛從東部的大山部落來到這北部的城市，他決定要努力學習這城市優雅含蓄的道德。

城市男子對女子的讚美非常奇特，當他第一天來到城市繁華的地區，和一隻狗蹲在一起，看街上來來往往的美麗女子，他就已經發現，城市裡的男子已經不懂用肺腑中最深的吆喝歌唱來讚美女子了。

因此，當那隻狗吠叫起來的時候，他有些訝異。他向這陌生的狗看了一眼，心裡想：我們是來自同一個部落嗎？

狗的吠叫使女子回過頭來，有些嫌厭憤怒的說了一個字：狗！

他還是有些驚訝；因為通常這個時候，女子都習慣用一朵大紅的扶桑花遮住一隻眼睛，靦腆而多情地微笑著。

他發現女子臉上嫌惡的表情，就明白了狗的吠叫或男子的吆喝，都已經無法使一名城市女子感動了。但是，他還不能判斷那女子說的「狗」那個字，是不是有侮辱或貶損的意思，因為，對一隻狗說「狗」，其實也只是事實的陳述而已。

幾天之後，他在部落同鄉的聚會中認識了伊卡，伊卡喝了一些小米釀製的酒，借著酒意，就用美麗的吆喝的叫聲向街道上行走的女子們讚美著。然而，他痛苦地發現，每一名被叫聲讚美的女子，都用極其嫌惡的表情回過頭來，憤怒地對伊卡罵道：狗！

他於是確實了解到，城市道德與家鄉的不同。

他是一名上進的青年，他決定要努力學習城市男子的道德，學習一種尊嚴，不再被視為是狗的族群。雖然之後伊卡完全崩潰了，醉倒在地上，吐了一地的穢物，並且嚎啕痛哭著。伊卡像嬰兒一般哭泣，他哭著說：一個男子是不能讚美一個女子的嗎？

他有些鄙夷伊卡的任性撒賴，但是，他還是攙扶他回家。兩個人踉蹌地走在城市夜晚荒涼的街道上，到處都是孤獨的狗在流竄，翻倒巨大的垃圾筒，尋找被遺棄的食物。

他也看到一些美麗的女子，在街道的盡頭，穿著閃光的衣服。她們也彷彿靦腆地微笑著，和每一名經過的男子們含笑招呼。

「只要一朵扶桑花——」他心裡這樣叫喊著：「只要一朵扶桑花，她們就完全像家鄉的女子了。」

但是，城市裡似乎早已沒有了扶桑花。倒是許多名男子走到路的盡頭，和女子們用偷窺的眼神交換意見，然後，男子們就從口袋中掏出一張白色的標籤，在上面註明了一個數字，用來貼在女子的額上。

「啊！多麼奇怪的讚美的方法啊！」他有點驚喜地發現自己終於學習到了城市男子讚美女子的秘密。

那在月光下女子的胴體還是美麗的，在季節如流水一般消逝之後，老去的花朵雖然使他異常憂傷，而新開的蓓蕾仍舊在他的憂傷中開了又開。

他害怕伊卡醒來，又要用吆喝的方式叫起來，便匆忙離開了路的盡頭。他牢牢在心中記住，這城市男子在女子額上——貼上標籤，寫上數字的方式，他想：一定要盡快學會城市的道德，並且也要教會可憐的伊卡。

但是不知道為什麼，他回頭再看一眼那嫵媚的人影時，還是有些遺憾；他想：為什麼少了一朵扶桑花？

## 二〇一五年五月三日，獨白

廚師在摩鐵做什麼？

關於島嶼新近關切的新聞竟然是：廚師在摩鐵做什麼？

出名的廚師，常常戴著白色高帽子，圍著裙兜，手裡拿著一瓶什麼醬料做食品企業的廣告。

廣告的食品出現問題，廚師的專業被質疑，這是無辜的，因為島嶼各種形形色色的廣告，賣房子、賣冷氣，賣陰宅，賣沙拉油，賣運動器材，不一而足，其實也都一樣沒有專業，找電視名嘴代言，當然無專業可言。單單要求廚師，並不公平。

廚師被要求下跪道歉，媒體日日追殺。或許壓力太大，不多久就傳出廚師跟女子進摩鐵的照片。

新聞集中探討：廚師在摩鐵做什麼？

廚師在摩鐵當然可以做很多事，包括燒菜。我想起一道名菜，用豬舌細絲與豬耳朵絲絞纏的涼拌菜，調成酸辣，放一點麻油。這道菜有非常「摩鐵」的菜名，叫做「悄悄話」。

所以廚師當然是在摩鐵教女子做菜，做一道需要費刀工的「悄悄話」。

例如，新近某總統候選人到美國接受「面試」，也類同「悄悄話」。

島嶼的故事都必須用許多聯想，都比當下許多小說更好看，否則是完全讀不明白的。

梁鴻業／攝影

據說，沿著這樣髒臭的河流走去，
就可以看到最早升起的今年最圓的月亮。

# 月圓

月圓之後，城市的繁華，好像介於人影與鬼的魂魄之間。許多閃爍的燈光，許多逡巡躲閃驚慌的眼神，許多蒼白而漠然的臉，許多沒有表情的五官。

沮喪或厭世者在城市繁華的角落，蜷縮在陸橋或者地下道的一角，向匆忙過往的城市居民投注他們徬徨絕望的眼神。

那頭髮黏連如餅的婦人，皮膚上都是膿癩的瘡疹，她拍地掩面痛哭，她常常像無依靠的孩子一樣捶胸頓足；路人匆匆摀著口鼻走過。

其實沒有太多人聽到這城市月圓後的哭聲。

新興的中產階級，在貪婪地占有土地財富之後，開始以低俗粗暴的方式搶奪政權。

「牠們一定要彼此這樣撕咬吠叫嗎？」伊卡不解地看著兩隻相鬥的狗，有一種不能釋懷的哀傷。

然而城市的貧窮者也在彼此撕打吵罵著。他們手持削尖的木棍，從高高的河岸堤防上衝下去。他們打碎了另一個貧窮者的頭顱，他們戳刺著另一個貧窮者的肚腹；貧窮者殘殺著貧窮者。城市的富有者，在各個角落奪取政權之後，唆使著貧窮者與貧窮者更兇惡地彼此追打殘殺，使城市低卑的生存者終日如狗一般撕咬和流竄著。

「不，我從來沒有愛過這個島嶼。」搶奪政權者一再逼問質問，那憂傷的沮喪者只好站起來，很誠實很慎重地回答說：「不，我從來沒有愛過這個島嶼。」

立刻四周響起了一片尖銳刺耳的狗的吠叫。

「滾！滾！」那些搶奪政權的人義正辭嚴地批判著：「那麼，你立刻離開，離開這裡。」

「為什麼？」那仍然憂傷的沮喪者悲憫地看著那些質問的五官，他說：「我從來沒有愛過這個島嶼，這個髒臭、腐爛的島嶼，這個貪婪而且永不饜足的島嶼，這個人屠殺人、踐踏人，彷彿踐踏狗一般的島嶼；我是一個沮喪者，我為什麼要離開。」

其實，剛剛暴發的中產階級，在急速補充知識與教養的短短時間中，是完全聽不懂沮喪者邏輯的。他們面面相覷，希望從他人的表情中得到一點暗示。

然而，月圓的夜晚，沮喪者和厭世者在如墳場的城市特區裡，用紙箱套在頭上，相擁而眠了。

人們沿著堆滿垃圾的河流走去，垃圾中腐爛的食物發著惡臭。據說，沿著這樣髒臭的河流走去，就可以看到最早升起的今年最圓的月亮。

「一條髒臭的河流，一條被城市貪婪的慾望毒殺的河流——」沮喪者在夢中猶自喃喃著。伊卡並不十分喜歡沮喪著的偏激。在月圓的夜晚，他倚靠著城市一個落寞女子的乳房，想念起家鄉的河流和家鄉的月光。「其實，河流和月光都可以澄澈清明——」伊卡這樣想：「因此，只有城市裡有這麼多的沮喪者和厭世者。」

厭世者開始計畫以絕食的方式大規模死亡時，城市新興的中產者有一點驚慌了。他們立刻意識到這樣大規模的絕食計畫將影響到整個食品經濟的平衡。大量被製造的食品，在市場上被囤積，逾期不能銷售，造成食品業一環扣一環的相繼倒閉，終於威脅到大盤以上操縱整個食品經濟的中產者。

厭世者在絕食的奄奄一息中拖延了很長的時間。他們發現，絕食並不是一種可以快速死亡的方式。特別是因為比沮喪者更深的厭世，使他們早已緩慢了體內各種機能的分泌，因此，雖然他們長期以來都奄奄一息，卻維繫著如游絲一般的一線命脈，不容易死去。

月圓的夜晚，那些厭世者便在堆滿了腐爛食物的廣場，微笑著，繼續進行他們無聲的革命。

## 二〇一五年五月六日，獨白

食品衛生一連串的出問題，使城市的沮喪者、厭食者意外逃過了一劫。

從食用油與工業油的混用，到各類防腐化學藥劑的過量超標，使島嶼居民惶惶不安。

每個人見面都相互詢問：還有什麼可以吃？

毒米，毒油，毒麵粉，毒豆干，毒茶葉，有毒的牛、豬肉，含輻射的魚和海產，有毒的洗衣精、洗髮精，含輻射的鋼筋，海砂修住的屋子——

大家都在問：究竟還有什麼可以吃？還有什麼可以無毒？

厭食者微笑著，看著島嶼居民的慘怖驚惶，他長期厭食的活著，很瘦，赤裸裸坐在樹林間，腰部一圈樹葉，「瘋子！」走過的人都這樣說。然而他活著，竟然彷彿嘲笑著島嶼努力嗜活者一個一個的猝死結局。

胡珊華／攝影

在城市裡，陽光被四面八方的
樓宇割裂成破碎的一小塊一小塊。

# 秋水

她覺得愉快，是因為這淡蕩的秋天的水和秋天的陽光。

夏天快要過完的時候，陽光非常亮烈。在那樣亮烈的陽光裡，每一個人都覺得遺憾；遺憾到要叫起來，好像激情變成了一種痛苦。

城市裡的人其實是不容易知道夏天的亮烈的。在城市裡，陽光被四面八方的樓宇割裂成破碎的一小塊一小塊。亮烈的陽光被囚禁成一種苦悶的燠熱。

「他媽的夏天！」他們擦拭著黏膩的汗垢，這樣咒罵著。

然而，距離城市不遠的河口，就有大片大片彷彿黃金的陽光，可以鏗鏗鏘鏘地摔響，人們走過，就像走在透明的金黃裡。他們昂首燦爛的微笑，「好一個發光的夏天！」他們這樣想。

因此，亮烈的陽光，到了最後幾天，那些走在金黃中的人們，都有一些痛苦，他們仍然昂首面對金色的陽光微笑，但是笑聲中有了哀傷。

伊卡在開滿野薑花的溪流裡，替母親浣洗黑而濃密的長髮。

「好像水中的荇藻和水草——」

伊卡讓自己的手指停留在隨水流去的髮叢中，一綹一綹的長髮，也很像一種靈活的魚，在水流中糾纏蕩漾。

母親則微笑著。她平躺在溪岸淺灘的岩石上，讓頭髮漂流在清澈的溪水裡。她的微笑的臉，她的微微顫動的闔起的眼瞼，她的向後微微仰起的頸項。她的平緩呼吸起伏如山脈的胸部和乳房。伊卡輕輕在水中梳理著母親的長髮，她詠唱起部落的歌曲、讚美女子和讚美神的句子，彷彿母親潔淨的皮膚上流淌過的潔淨的溪水，淡淡蕩蕩，是一片一片金色的陽光，琤琤琮琮流下去。

「秋天的陽光比較安靜——」

當伊卡問起母親微笑的原因時，母親想了一想，這樣回答。

她坐在一塊平坦的岩石上慢慢梳理自己的長髮。她看到伊卡在溪澗中的石塊間跳躍，小小的臀部好像飽滿豐碩的果實，她說：「伊卡——」

伊卡回過頭，咯咯笑了一回，又繼續在石塊溪澗縱躍奔跳。她覺得母親很遠很遠，好像在山水中間，成為風景的一部分，好像岩石，好像大山，又好像溪水。

岩石、大山和溪水都一起叫喚：「伊卡——」

母親則的確感覺到秋天的水和秋天的陽光，淡淡蕩蕩，有一種悄靜，也是金黃的，但是很沉清、澄明，一點也不喧嘩。

她可以閉起眼睛，感覺到一寸一寸的陽光，在她額上、眉眼之間，隨著一種喜悅的微笑，慢慢移動，慢慢消失。

她無端想起男人，那些從城市裡來到大山間的男人，從陌生、驚慌、膽怯，到逐漸也可以脫掉鞋襪，在岩石間奔跑縱跳，並且笑得和陽光一樣燦爛。

「他們是從城市來的男子，他們分派到這裡服軍士的役務——」有一次她這樣向伊卡解釋。

那些蒼白、膽怯、戴著圓圓眼鏡的城市的男子，露著有一點驚慌緊張的眼神。

「沒有多久，他們就會改變，他們會知道這可能是他們一生中唯一的一次美麗的假日。」母親側過頭，和伊卡解釋著。

「為什麼？」伊卡仰起頭，看到母親淡蕩的微笑的臉上有一些淚痕。

母親不曾在伊卡面前掩飾過什麼。她想起五、六年前那一個從城市來的男子，白白的臉，靦腆的表情，她想起那男子瘦削似乎還未發育完全的身體。那躺在她的胸前，彷彿仍如索乳的孩子一般有一點飢渴，有一點喘息與悸動的孩子。

「你的軍事役務只是一個離開城市的美麗假期罷！」母親這樣和城市裡的男子說。那男子逐漸在大山間也增長了壯碩的體格，皮膚黝黑，他望著這山水間的女子微笑著。他以後回到城市，還是在匆忙的工作中偶爾想起那女子的美麗，彷彿秋天的水和秋天的陽光，淡淡蕩蕩。

## 二〇一五年五月五日，獨白

在東部的縱谷，從花蓮向南，經過瑞穗、玉里、富里、池上、關山，他閉著眼睛，想像服役結束，那一次漫長的旅程。然後是從南迴再繞道西海岸回家。

他不記得女子的面容了，在都會的科技公司忙得無日無夜，然後有一天，右脇脹痛，醫生診斷是肝癌末期，他在白白的病房裡忽然想起服役那一年縱谷的陽光。想起一個女子的笑容，想起她黝黑赤褐色的胸膛，柔軟而有點凸起的小腹。「你的軍事役務只是一個離開城市的美麗假期罷！」女子若有所思，像是喜悅，卻帶著憂傷。

「打電話給我！」男子說。「來找我！」男子說。

她只是微笑著，在男子瘦小的懷抱裡，她彷彿聽到整個大山月圓時的呼喚：伊卡——

# 島嶼南端

在陽光裡泅泳，好像時間延長成一種很長的記憶，足夠一生一世去反覆咀嚼回味。

島嶼最南端的角落，因為有比較長的日照，在北部已經為秋天的雲影籠罩時，仍然明亮如夏天。而且，因為烏黑濃厚的雲都北移了罷，這南端的角落反而是更為澄澈透明的。澄澈透明的藍色，使人覺得可以愉悅到發笑的藍色的天空和海洋。

島嶼南端被海洋環繞的一個突出的半島形狀的海岬，大部分的高山在這裡都逐漸平緩它們陡峻爭高的奇險姿態，有點像最美麗的女子的頸部柔和的線條，非常輕緩的逐漸斜向海洋。海洋也以和緩而不斷的節拍輕輕迎接著島嶼的土地，「親暱如性愛中的伴侶──」伊卡這樣想。

彷彿因為海洋的富裕，土地也產生了熱烈的繁殖，在島嶼南端日照最長的半島上，生長著肥大而健康的植物、昆蟲、禽鳥。

禽鳥野悍地捕捉四處蔓延的昆蟲，常常可以看到低低掠空而過的一種鷹類，甚至抓起竄奔甚快的野鼠，急速升高，把野鼠從高空上摔在附近岩石的山崗上，然後靜靜停棲下來，靜靜看著那攤成一堆的野鼠的屍體，既無自傲，也無悲憫，鷹類只是冷靜地窺伺著自己的獵物。

長蛇在盛開的花朵間游走，牠們斑爛閃爍的身體，如花一樣艷美華麗，彷彿一種夏日的渴望飽熟到成為有毒的氣味。牠們又是特別安靜的，美麗和一種致命的死亡，使牠們來如君王，去如鬼魂。

瓊麻是一種彷彿劍戟的植物，以全部尖銳不妥協的方式活著，抽出很高很高的花莖，在藍色的南端島嶼，到處都看到瓊麻花繁殖的慾望。許多的蜻蜓，在雨前雨後飛在空中；許多的蝴蝶，在每一朵花中鑽動，使一個夏季的生命都有了結果。

剛剛出生的蠍子，很努力地螯住一隻蜥蜴，牠們頭尾相啣，都要置對方於死地，伊卡靜靜看了一會，就走開了。

午後暴雨頃刻使整個天空從澄藍變成烏黑，一種悶悶的雷聲在雲塊中翻動，海洋如死，而後雨聲來了，沙沙沙追過所有的雀榕和木麻黃，追過大片大片炙熱褐黃的沙地，泥土中翻騰起一種新鮮的土腥氣，彷彿新斬殺的牛的肉體，一種熱騰騰的飽熟的氣息，是古代殺牲獻祭中的氣味罷，使人亢奮、悚懼，使人驚訝於生命原始中的潔淨、純粹。

「我七歲就在這片海洋中泅泳了。」他笑著說。一個縱跳，竄躍進狂風暴雨中的波濤。

許多岩礁形成一片海岬。礁石之間不斷有海浪湧進退出。漂浮的海草，緊緊攀爬在岩石的隙縫之間，於是，它們隨著水潮的湧進退出，潑灑流動著如女子長髮一樣的身體。

礁石非常銳利，加上蔓生著海蚵和貝類（牠們的殼也都尖硬如刀），行走在上面，一個閃失就鮮血淋漓了。

但是，他迅捷如一頭豹子。

他從浪中竄躍而起，他大聲向岸邊叫道：「伊卡——你多久沒有來島嶼的南端了……。」

其實，暴雨是非常快就過去了的。幾乎可以用肉眼看到一大片帶著濃厚雨量的黑雲，迅速在天空上移動，移動到海面，移動到更遠的山頭，於是，在大雨中被沖刷的身體，一身仍滴著水，天空已經晴了，熱烈的陽光和藍得更透明的天空，都使這個人覺得剛才似乎只是一個夢，但是，身上又的確濕透了，還滴著水，他於是只好搖搖頭，告訴自己方才並不是一個夢。

聽到一種嘈雜的聲音，伊卡看到岸上馬路有掛著奇怪牌子的車走過，伊卡說：「好像要選舉了……。」

那男子又縱跳入海。「他真的像他說的，有一個夏季，在深海裡活活咬死了一頭鯊魚？」伊卡覺得這是一個不可思議的故事。

二〇一五年五月六日，獨白

我想起島嶼最南端的龍坑，在嶙峋的礁石間攀爬著野生植物。巨浪滔天，澎轟震耳欲聾，整塊土地像要被掀翻，使都市瑣碎的聲音變得虛浮無力。

他騎重機，到了龍坑，看到我說的少年的魂魄。他傳簡訊給我，說：死去許多世紀，那少年的魂魄，他還在，在晴日的空中爽朗歌唱。

如果島嶼還有南端會不會是最後一道救贖？

許久流傳的關於「南島」的傳說，是在島嶼南端還留著最後一點不肯逝去的魂魄嗎？

# 楓香

有一片葉子飄落了，那狗便追上去，狂亂地吠叫撲咬了一陣。

為了修建一座城市，原來生長茂密的樹林大都被砍伐了。在沒有這座城市以前，有兩條重要的河流蜿蜒流過，河流的兩岸都是巨大的樹木；河流流過的地區是一個比較低窪的盆地，盆地四周則是一圈高高低低的丘陵，丘陵上也都是樹木。

沒有人相信，為了建造一座城市，會把河流兩岸和丘陵上的樹都幾乎砍光了。最初是為了要蓋房子，供人居住，後來似乎是為了開馬路，使更多的車子可以筆直的行駛，於是，樹都被砍掉了。

當城市中的人發現沒有樹之後，覺得空氣似乎很壞，開始懷念有樹的景象，便又努力保護著那僅剩的幾棵樹。

城市的管理代表為了樹的問題開了很多會議，他們決定加速補添種植新的樹木，使這個城市恢復原先綠意盎然的面貌。

但是，樹似乎不願意生長了。

當一排新種植的楓香，在短短的一星期內迅速垂萎死亡時，由城市各政黨代表組成的委員會開始驚慌了。

激進的在野政黨一般的思維邏輯大都從官員的貪贓受賄開始。於是，他們調查了培育樹種的研究機構，詢問了有關楓香的生長，從育苗開始到成林的過程，在了解每一個細節之後，卻沒有找到任何中間剋扣育種經費的嫌疑。特別對官員品德有重大懷疑的那位代表甚至拉起枯死的楓香，細細察看了樹根部位；經過地位中立的植物學術機構的分析解說，連楓香的根部生長都完全合乎正常的狀況。

「所有植物學上的機能，都說明著這些楓香應當長得繁榮茂密的。」植物學的專家做出了這樣的鑑定結論。

「結果它們都枯死了！」脾氣急躁的激進政黨的代表憤怒地指著那一片枯黃的楓香，瞪著長久沒有睡眠的眼睛，指責地看著低頭無語的官員和沮喪的植物學專家。

「是的，它們都枯死了。」植物學的專家覺得應當秉持他科學的理念，很嚴肅地回答說：「但是，所有育種和移植的過程都沒有錯誤。」

「沒有錯誤！」那位激進黨派的代表咆哮了起來，他用力踢了枯死的一株楓香一腳，忍住腳尖的痛，仍然大聲叱責著：「你要我像納稅的選民解釋：我們的官員在政治上沒有錯誤嗎？」

植物學專家推推鼻樑上的眼鏡，仍然用非常理性而穩定的聲音回答說：「代表先生，我是說：學術的專業領域我們沒有發現錯誤。」

「他媽的×！」那位代表痛恨極了學術，因為「學術」總是在重要的政治事件中找不出錯誤。包括一條長長的城市中的捷便運輸系統，一再發生危險的出軌，但是許多被徵詢的學術機構幾乎都是一樣的結論：找不出錯誤。

官員很快提出了辭呈，他其實是勇於擔負錯誤的行政責任的，雖然他還是不了解楓香在一周內全部枯死的真正原因。

貪贓、受賄、卑劣下流的誣陷與政治鬥爭，仍然眾所周知地在這個看來日趨繁華的城市中蔓延著。

然而，楓香的死是與這些政治現象無關的。

植物學家在心情沮鬱的時刻，偶然會想起屬於生物界自我毀滅的現象。他踽踽獨行於一排枯死的楓香樹下，他彷彿聽見了死去的樹木間的低語，那在剛剛入秋的季節中一種低鬱而不快樂的聲音。

「如果我們集體死去，會不會引起整個城市的驚慌？」

有一個夜晚，那些原來應該茂密繁榮的楓香，忽然這樣低低私語起來，決定了用集體死亡的方式給城市一種「驚慌」。

「驚慌」並沒有警告的意思，也不是預言，只是對存在安逸的一種質疑罷。

在楓香之後，軍役中兵士的陸續死亡又成為城市者新的驚慌了。

## 二〇一五年五月六日，獨白

為什麼服役的兵士也陸續死亡了。

他們有的在出操時死亡，班長立刻被隔離審訊，不同黨派的立委輪番質詢：「還在用威權時代的他媽的操練嗎？」

班長嚇呆了，他完全無法站直，他面前的一位立委挺著乳房，口沫噴到他臉上。質詢一名可憐的班長，當然不是這以兇悍出名的女立委真正的目的。她轉過頭，對著所有電視的轉播攝影機，尖銳地說：「這就是我們的執政黨，這就是我們的總統，如此草『管』人命。」

立委的助理低聲提醒：「草菅人命」、「尖——」

女立委停頓一下，她聽到「姦」，一時混亂了質詢主題，想起軍中一件「姦殺」的舊案。

媒體恰好關閉攝影機，女立委收起表演的表情，和藹點頭微笑，然後快速離開，趕赴下一場約會。

沒有人知道，為何士兵陸續死亡，在餐桌上，在廁所，在睡眠中，在給家人傳簡訊的同時，突然倒下，死亡。

就像城市的楓香樹，好像約好要給島嶼一點驚慌。

任容／攝影

他沉潛到最深的海底，在磷磷礁石之間，
在鬼魅般的貝類生物和
甲殼類生物之間，他沉潛著……

# 領域

在島嶼四周的海域，大群繁殖的各種魚類，彩色斑斕，使深邃幽黯的海洋，彷彿一座華麗的花園。

他沉潛到最深的海底，在磷磷礁石之間，在鬼魅般的貝類生物和甲殼類生物之間，他沉潛著，好像嬰兒沉眠在無記憶的狀態，沒有夢，沒有往事，沒有聯想，也沒有牽掛。

他甚至不知道在島嶼四周巡弋海域的意義，雖然，嚴峻的長官不時要告訴他有關巡守疆土的重責大任。

「我在最深最深的海底，但是，我接觸不到海，我彷彿一條魚，被裝置在真空的透明箱中，然後再把箱子沉入海底。伊卡，你以為，這條魚，還算在海中嗎？」

伊卡閱讀著那工整的文字書寫下來的句子，他和身邊的女子說：「這是一個奇怪的小子。」

女子並沒有回答，仍然沉湎在她自己的發呆之中。

「他說，他的潛艇在島嶼四周巡弋了一個月了。」伊卡想像著一條魚在透明密閉的箱盒中浮游於海底。

「我睡眠的空間有三十幾公分高——」他這樣敘述著。「我甚至看不到海，大部分時間是在真空的黑暗中，我必須完全依靠聽覺來判斷海洋的變化，來感覺海洋，感覺海洋深處的無限溫暖、無限寬廣和無限恐懼。」

伊卡其實不了解這個被稱為「小子」的朋友。但是他喜歡閱讀這個「小子」從不知名的各個角落寄來的信，用很工整的字跡寫成許多讀起來似懂非懂的句子。

「他很孤獨罷——」女子把信丟回給伊卡。

「是嗎？」伊卡還是不能判斷。他不了解「小子」在青少年時代為什麼那樣傑出優秀，幾乎是部落少年們的英雄，包括他的俊美，他在打球時神奇的體力和技術，包括他君王般的氣度，包括他醉酒後美麗的歌聲和他沉酣中嬰兒一般的面容。

「每一位女子都想把那樣沉酣的少年的俊美頭顱摟抱懷中啊——」

「而且——」伊卡說：「他似乎也輕而易舉的進入城市，進入最有名的高中、大學

——」

「那他怎麼會跑到潛艇上去？」女子問道。

「為什麼？」伊卡搖搖頭。「不知道。」

沒有人知道「小子」為什麼在大學二年級讀完，忽然離開了大學，失蹤了一段時間，以後伊卡就接到他從不同地方寄來的信件。

「我不能了解巡守疆土的意義。我甚至——無法認識長官口中所說的『國家』。然而，我在島嶼最深的海底，被許多許多海流包圍著。我幾乎可能用越來越敏銳的聽覺知道它們的秩序、節奏。它們也清楚的讓我進入它們最深的內在，純粹、透明，非常有紀律。它們迴環著島嶼，它們從地理的意義上深愛著島嶼，彼此依靠著。你知道，伊卡，海洋上的島嶼，事實上，只是一個被掩蓋了大部分領域的一些突起的部位，你應當看一看海洋覆蓋下真正的島嶼，它其實是一片大地。」

伊卡恍惚記憶起「小子」憤怒過，在初入大學不久，詛咒著他的大學，頹喪地說：

「那裏聚集著對自己生命最沒有要求的一群人——」

「然而，他還是不快樂的，他還是要聽他的愚蠢的長官說『國家』、『保衛疆土』這些他覺得迂腐空洞的話。」女子打斷了伊卡的敘述。

「我在電腦儀表板上看著密如天上星辰的紀錄。我們的方位，我們行進的速度，我們深入海底的噚碼。科技使我一一閱讀著海洋，閱讀著我們一直覺得深不可測的領域；而且，它們那樣接近我真正的心事。它們是知識，又是一種智慧，甚至也是一種道德和一種審美。我閉起眼睛時，那些儀表板的紀錄就變成我內在的紀律、秩序，和心跳和脈搏完全一致，靜靜地帶我穿越著宇宙中最深的領域。伊卡，我的巡弋，不是為了長官口中的國家或疆土，我巡弋著自己生命的領域——」

## 二〇一五年五月六日，獨白

我還有生命的「領域」嗎？

那隻曾經嚇到P教授的獼猴也開始思索生命「領域」的嚴肅課題了。

據說，許多動物的領域是用嗅覺建立的。例如狗，便靠不斷排尿建立嗅覺的辨認系統。許多動物對嗅覺記憶敏銳，也靠嗅覺找到食物或構建防禦的嚴密網絡。

人類喪失嗅覺敏銳性已經很久了，人類的領域感便要依靠其他的能力，如同國家的國防系統，多建立在武器上。

個人其實也用各式各樣的方式防禦自己，用語言或文字攻擊他人當然是防禦的一種，心理學也早有驗證，越是沒有安全感，防禦心越重，對人的攻擊也越頻繁。如果不克制，當然也就是精神病的現象。

這種沒有安全感產生的領域護衛，演變成日日對他人謾罵攻擊霸凌，是潛藏在家族基因裡的難以消除的症候，所以是遺傳性的，從父母一代就有，延續到子嗣，年輕時通常不明顯，一過中年就慢慢發作。

「如果藥物可以控制？」憂慮的妻子問醫生，希望有挽回機會。

醫生的回答異常奇怪，他說：「如果能恢復動物的嗅覺記憶。」

「嗅覺？」妻子憂心忡忡，不能理解這句話的含意。

醫生像是喃喃自語：「嗅覺領域是多麼安靜自足的世界啊！」

# 子孓

在長久不曾改換的確定裡，忽然渴望著一種對確定的質疑，渴望瓦解、不安、顛覆的，或破裂的過程；好像在泥土中的種核，很用力把外面的硬殼撐開，可以探出好奇的新芽，去渴望乞求一種新的開始。

島嶼上居住的人，用很奇怪的一種仇恨的方式看待每一次前一個階段的政權，好像種核內的新芽憎恨外面包裹它的硬殼一樣。

硬殼是包裹、保護，是周密而牢不可破的防禦；當然，也是拘束，是禁止，是永不可質疑的體制的確定與權威的絕對。

島嶼是一枚一直在破裂硬殼的種核嗎？渴望破裂、渴望舊秩序的瓦解、顛覆，渴望進入一種茫昧混沌狀態的無限可能。但是，島嶼又似乎太耽溺於這樣的混沌。那剛剛萌發的新芽，在混沌的濕土中竄動著，尋找著光的暗示，尋找不同於泥土的另一種清明，它幾乎要知道外面天空的明亮寬闊了，然而，它還是耽溺於剛剛經驗過的破裂、瓦解、顛覆了自己以後諸多的不確定。它願意是一枚永遠在破解自己身體的種核，一枚有無限新生的渴望，卻又永遠不願真正新生的種核。

一粒麥子若是死了，就結出許多麥子。島嶼上有許多古老猶太族裔的經典信仰者，他們也信奉這樣的教諭。但是，他們大都不願意是一粒死去的麥子，或者說，他們在混暗的土地中使自己成為了永遠不死的麥子。

一粒頑強抵抗著死亡的種核，抵抗了死亡，當然，也同時抵抗了新生。

島嶼在整個夏季被困擾著一種疫病的蔓延。當夏季將要結束的時刻，疫病的蔓延趨勢似乎開始平緩。孑孓們隱藏的水池溝渠、沼澤，都經過疫病防治的單位噴灑藥物處理。城市的四周常常可以聞嗅到一種強烈的制止疫菌繁殖與生存的氣味。孑孓的大量死亡，也似乎使城市四周變得安靜了。好像原來子女眾多的家庭忽然少了笑鬧嘈雜，人們都面面相覷，有一點說不出的悵然若失。

疫病最初是從城市四周幾個衛星般的社區開始流行，這些社區則是在城市高度繁華之後迅速形成的。城市的工商業和擴大以後的行政體系，需要大量的人力資源。許多農村與外縣市鎮的人口向城市集中。他們大都無法立刻購買或租賃城市中昂貴的住宅。於是就竄集在城市四周，形成了衛星狀的社區分佈，可以負擔比較低的生活費，每天利用連結於城市和衛星社區間的幾道橋樑，成為城市中的產業人口，黃昏之後，城市再利用這幾道橋樑，把這龐大的人口輸送到他們屯居的社區。橋樑好像幾條通向心臟的脈管，在幾年蓬勃的流動之後，很快就因為人口繼續龐大而阻塞了，逐漸變成幾近於完全癱瘓。黃昏之後，城市的心臟四處亮起紅燈，好像孑孓一樣的人口阻塞在每一條出城的脈管上，他們希望繁殖，又希望死滅；他們盼望繁榮，又憎恨繁榮，他們很像疫病中的孑孓，依靠著人的血液蔓延著活躍的生命。每一次疫病防治的專業人員制止了一種疫菌，正在慶幸，很快就發現原來的疫菌已經轉型，使原有的防治系統完全無效。

防治人員的額手稱慶，和孑孓們的拍手雀躍，形成有趣的對比；似乎幸福的期待和詛咒從沒有正式分開，因此孑孓和人類一樣，在這小小的島嶼上交替著繁殖和死滅的永不終止的遊戲。

孑孓們新近做了重大的決定，要在一張空白的紙上圈選一些疫病更快可以蔓延的代表。在秋末冬初的季節，島嶼逐漸有了寒涼的季節風，人們正在慶幸疫病的災難將隨氣溫的降低稍稍遏止，沒有想到在平靜的表面之下，孑孓們已經以完整的法治體系完成了牠們的改組，以更新銳而且勇狠的一代做為執政代表，將在下一個夏季來臨前，完成全面反撲的準備。牠們是以戰爭的心情看待這次改組的，屆時，全面的衛星社區的孑孓，都將一擁而上，使整個城市活躍於疫菌的繁殖之中，牠們只需要一點人類的血液，就可以飫養成千上萬的活躍的疫菌。

## 二〇一五年五月六日，獨白

### 孑孓們都有自己基因的記憶。

一般人對「記憶」最大的誤解就是以為那是大腦的活動。其實不然，動物昆蟲都有記憶，大腦不發達或沒有大腦的生物也一樣有深藏基因中的記憶。

嗅覺記憶是如此長久的記憶，一個蛤蠣死去幾天，還會釋放出強烈的嗅覺記憶。生物彷彿依靠著嗅覺記憶證明自己存在過、活過。人類的身上也還存留著嗅覺記憶，在極深的擁抱、深吻，在極深的性的交媾中都會釋放原始的嗅覺記憶。

許多女子懷疑丈夫的不貞，通常是在交媾時發現有第三者的身體氣味介入。「小三」是說那種存在卻細微到不容易發現的小小氣味嗎？

所以孑孓對人類的反撲是從嗅覺記憶開始的，牠們用極嚴密的嗅覺網絡發動病疫的蔓延，讓人類無所逃於天地之間。

在病疫蔓延的同時，島嶼居民繼續吃喝玩樂，縱情於各種感官的刺激，然而他們的嗅覺和觸覺都已遠不如動物敏銳了。他們過度膨脹的大腦，大而無當，充塞著不實用的「記憶」廢料，使他們在下一波生物演進的過程中注定了覆亡絕種的命運。而取代這種自許「靈長類」的自大生物的，竟然是孑孓，他們鄙視大腦，還保有最基本的嗅覺與觸覺記憶。

# 寵物I

日光明亮的早晨，必須用很多時間和每一個相遇的人說：早安。擁擠而又講求禮貌的城市，居民用一種近於儀式的社交方式來往。文質彬彬，卻又能保持距離。如果涉及到「早安」、「謝謝」、「再見」以外的話題，彼此都很警覺了起來。禮貌近似一種防線，防禦著別人侵入這隱密的心事領域。城市居民逐漸架構起了新的城市倫理：孤獨、疏離，而又不忘禮貌與微笑的新形式的道德。

行走在這樣的城市中，有一種喜悅，也許是有點像執政的城市政黨宣傳中常常誇耀的「文化品質」罷。但是，不知道為什麼，也使人有一種哀傷，彷彿在逐漸定型的中產者的階級品味中，使人嗅到了一種生命被豢養後的無奈，一種矯情的幽雅，一種彷彿被閹割了的人的溫馴；究竟少了什麼，伊卡也不能說得十分清楚。

其實狗還是在城市街道中四處流竄。好像比詩人與哲學家更像一種深思的動物，以敏銳而又洞徹生命的表情，踽踽獨行於大街小巷。或者趁管理員不注意，溜進電梯，到十六層的頂樓，俯在陽台上，用憂傷的眼神看城市的黃昏落日，茫然地整理腦海中一片關於人類命運的結論。

人類的命運在憂傷的狗的腦海中被整理成詭異複雜的圖像。

「是一種悲劇嗎？」那剛剛跨下公共車輛的詩人這樣謙卑地向一隻狗詢問。他或許只是關心詩在人類的命運中，究竟是一種詛咒？還是一種預言？他迫切想使一隻狗進入一個詩人的思緒。

他比城市執政的黨工們更早一點知道：詩句無關於美學、無關於道德，也無關於拯救。

在城市新倫理急待於重建的時刻，他是唯一含著淚水向狗的沮喪致敬的城市居民。

「或許罷，我們還是可以和解的——」在閱讀完北國一名叫做奇士勞斯基的導演十部有關於誡律的影片之後，他忽然思考起道德的真正意涵，他於是大步走在街道上，和四處竄流的狗者相遇、微笑與擁抱。

狗對於被稱呼為「寵物」，這樣的結局，也有近於憤懣的妥協。當街頭的抗爭與暴力訴求逐漸減少之後，「寵物」就成為新的倫理，快速在中產者的生活中流行了起來。

寵物的倫理包括一種閱讀的方式，包括一種質地柔軟的休閒服，包括去除了膽固醇和油脂的乳酪，包括性交的節制和細節的講究，包括適當的職等的升級和薪資的調高，包括遷移到子女教育比較名貴的學校社區……。

而且，寵物最大的信念就是不能再有「憤怒」了，（可以有偶爾的「撒嬌」，但是分寸要拿捏得非常好，使主人略微發出「你被寵壞了」的嗔怨，卻不能過分到使主人意圖終止寵物的關係。）

當街頭的野犬陸續被收編為「寵物」之後，城市才有了建立新希望和新秩序的倫理的可能。狺狺的吠聲轉變為低微的輕聲細語，怒目而視的悲痛轉變為柔情眷戀的嫵媚的眼神；粗暴的、抗爭的姿態轉變為馴順的，甚至諂媚逢迎的表情；城市的寵物倫理代替了很多島嶼舊有的人性價值，迅速形成一種牢固而嚴密的結構，使微笑的狗者與人們經由教育、考試、評等各種不同的管道陸續收編了。

詩人和狗的相遇在城市的日落之後。

趁管理員一時的疏忽，溜進東區的大廈，按了到達頂樓的電梯按鈕，那看來沮喪的狗，只是想在收編之前，再違法看一次城市高樓上的落日。

而詩人正相反，他決定了從收編的隊伍中出走，走到城市的街道上，和每一隻仍然流露著沮喪表情的狗者和解，討論關於人類命運的多種命題。

## 二〇一五年五月六日，獨白

因為漫畫，一個激進組織的聖戰士在清晨衝進城市的漫畫社，迅速屠殺了出版社的員工，包括幾名編輯和業務，但漫畫家卻躲在桌子底下意外逃過了一劫。

因為信仰的不同引發的爭執，從局部地區的戰爭，擴大到無所不在的人肉炸彈，已經使人人自危。

「沒有人會是倖存者——」聖戰士如此宣布。他們討厭文明世界瑣碎的邏輯、可笑的理性。

當一個伊斯蘭的總統被絞刑處死後，那胖大的身軀戴著頭套，吊在一根繩索上，那行刑的畫面被強勢的媒體一再重複轉播，看著落日的狗便憂傷流下眼淚。

牠在落日的黯淡餘光裡看到將要發生的大屠殺的徵兆。

「沒有人會是倖存者——」

引發仇恨的將被仇恨淹沒，引發謾罵的將被謾罵羞辱，引發鬥爭的將在鬥爭中吋截而死，聖戰士的宣告沒有邏輯，沒有理性，但很具體，因此號召了各個國家的青年出走，成為身懷炸彈的報復者，他們十五歲十六歲，對生命沒有遺憾，為聖戰而死。

文明國家似乎忘了「聖戰」二字，正是他們在中世紀屠戮伊斯蘭的字眼。

西班牙的許多大教堂牆上還懸掛著當年懸吊伊斯蘭民眾用的鐵環鐵鍊，一群一群婦孺也一樣不能倖存，他們被剝光，任由基督教的聖戰士凌辱致死。

仇恨的後裔繼續陷入仇恨，冷酷殘暴，假借「聖戰」之名張牙舞爪，致人於死。所以「聖戰」如同許多島嶼居民口中的「正義」吧。每日為「正義」發聲，伸張「正義」，終究一定成為「聖戰士」。「聖戰」，任何一種冠冕堂皇的「聖戰」，最終必然只是懷抱炸彈，同歸於盡的結局吧。

伊卡的祖靈很溫和，沒有過報復，但深思的狗突然悚懼起來，牠想：也是祖靈將發起「聖戰」的時刻了嗎。

任容／攝影

傳統的子嗣繁殖觀念是
像魚類在水中播撒精卵一樣。
魚類的繁衍方式因此長久以來
成為島嶼居民渴慕的對象。

# 魚

島嶼上的人類，在子嗣繁衍上，遇到了一些難題。對於人口生育計畫的控制，長年來有主管的單位做定期的追蹤。大約在二十世紀的七〇年代以前，島嶼主管人口計畫的單位，必須以各種方式推廣節育的觀念。

「在島嶼上推動一種觀念的改革，是多麼不容易啊！」那名頭髮花白的生育計劃專家常常這樣喟嘆。

傳統的子嗣繁殖觀念是像魚類在水中播撒精卵一樣。魚類的繁衍方式因此長久以來成為島嶼居民渴慕的對象。他們甚至在信仰的圖騰中大量引入了魚的造型，而魚和水的圖像也一直有著婚姻、生殖、性的多重崇拜意義。

生育計畫在島嶼的偏遠農漁村落進行人口節制計畫推廣的初期，所遭遇的困難是可想而知的。

生育計畫的專家以圖表、幻燈片、教學影片各種新穎的輔助器材使村落男女有了參與的好奇。他們看到被製作成魚的形狀的避孕套，便都嘩嘩大笑了，男子們彼此拍打著肩膊，女子們掩面低頭，也都臉紅羞怯，然而樂不可支了。

據說，那些製作成不同形狀的魚的避孕套，很快被索取一空，主管單位只好把免費供應改為收取成本費，以限制無盡的索求。

但是，追蹤成果的專家，面對著人口出生率的統計報表，仍然一籌莫展的摩挲著他那越見花白的頭髮，無奈地重複著他那悲觀的結論：「在島嶼上推動一種觀念的改革，是多麼不容易的事啊！」

魚形的避孕套被吹滿了空氣，像美麗的氣球一樣飄滿在島嶼四處，每一位到島嶼做短暫旅遊的觀光客，都慶幸自己恰巧碰上了當地盛大的節慶。然而，這樣的景象卻是島嶼每一天都如此的。

肥短的赤鯮，修長文雅的秋刀魚，有一種矯情曲扭的黃鱔，或者以色彩爭奇鬥妍的各種熱帶魚，被空氣充滿後，脹得很大，全部飄揚在島嶼的上空。

島嶼的居民從來沒有想到生殖的滿足成為一種官方制定的政策，而那些原來被設計，為了意圖套牢男子們生殖器的避孕套，竟然成為一種新的生殖信仰，彷彿神祇們祝福的幡帶和花環，飄揚在每一處天空。

島嶼人口急速增加了。像魚在水中撒播牠們的種籽一般。

人口計劃專家因為內疚辭去了主管的工作，隱避到人口越來越擁擠的城市中去。

魚形的避孕套的計劃，未曾有效套牢男子們的生殖器，卻更刺激了人們生殖的幸福感，被做為一項失敗的教訓，警惕著新進的人口計畫人員。

新進的人口計劃專家是比較冷酷的。他們和頭髮花白的老一代專家，最大的不同，也許在於他們完全輕視傳統的信仰、道德或倫理罷。因此，他們對民間有關「魚」的圖騰沒有絲毫的興趣。

他們之中較年長的在三十歲左右，曾經提出用貓的圖像，意圖嚇阻島嶼居民頭腦中根深柢固的「魚」的生殖幻想。但是這種提議立刻被更年輕的二十歲一代的博士們取笑而否決了。年輕的女性生化博士相信，貓的圖像只能使男子們摀住下體，是不徹底的嚇阻，而且，她說：「貓畢竟無法和魚徹底決裂啊！」

因此，新的人口計畫便全力創造了虐殺精子的意象，用微波的、超輻射的新式科技，使男子們體內的精子在一瞬間如歷浩劫屠殺，全部烏有了。那悵然若失的男子摀著下體，露出哀輓的表情，望著面目極酷的人口計畫年輕的執行者，彷彿一名最後存活的精子，回想著有關子嗣繁衍的夢，夢中，天空上飄滿了各式魚形的彩色氣球。

## 二〇一五年五月七日，獨白

魚其實有非常深沉的表情。類似像中國十七世紀前後最優秀的畫家八大山人，他畫中的魚，瞪著孤傲的眼睛，鼓著腮，冷冷旁觀著世事，可以做為那一時代最犀利的哲學。哲學作為哲學出現是人類文明發展到第一世紀之前就結束了。希臘的蘇格拉底到亞里斯多德，中國的易經到莊子的晚周春秋戰國時代，印度的悉達多到阿育王時代，之後，所有假借「哲學」知名出現的已經都是「偽哲學」。用現代的語言來說是「山寨版哲學」。有點像仿LV的LV，仿PRADA的PRADA，也可以說出現了攏攏總總的「山寨版」——「柏拉圖」、「莊子」、「孟子」、「畢達哥拉斯」，「山寨版」外型看起來一樣，其實是沒有內在精神的。也使哲學一路墮落，成為依樣畫葫蘆的仿冒。「哲學失去了『思考』，還叫作哲學嗎？」憤世嫉俗的P教授在受到獼猴驚嚇之後有一天忽然這樣向學生宣告。他的宣告其實是正確的，針砭了兩千年來哲學一貫的仿冒本質。然而不多久靠近山區的大學校園出現了博士生自殺墜樓事件，找不出原因，沒有任何情殺、謀財、仇恨等因素，只是這名正在書寫論文的博士生的手機裡留下一段沒有發出的簡訊，簡訊的句子：「哲學失去了『思考』，還叫做哲學嗎？」，一句沒頭沒尾的字句，經人舉證，是P教授在課堂上的憤激之言，P教授因此受檢調單位邀請，為了解案情而受訊問。檢調人員很禮貌，溫和不霸氣，但P教授本是庸懦的人，又受獼猴驚嚇，一進檢調的辦公室就禁不住灑尿在褲上，他聞到尿味，忽然大聲說：「我沒有說過那句話。」

這時他清楚看到一隻獼猴正在玻璃窗外凝視著他，似笑非笑。

梁鴻業／攝影

當芒花開成一種絮狀的草穗，
隨風四處飛散的時候，
那種金屬質地的光就不見了。

# 芒草花

島嶼的山上，翻起了最早一片銀色的芒草。沿著山坡的稜線，一層一層，在剛剛吹起的北方季風中，像銀色的海浪，使初冬的陽光特別像一種清明澄澈的金屬。

芒草能夠保有這樣潔淨的金屬般的光的閃爍，時間並不長。一般說來，只有在入冬的兩、三個星期內，新抽長的芒草才會有這樣的光。銀色如絲緞一般光滑閃亮的質地，很快就消失了。當芒花開成一種絮狀的草穗，隨風四處飛散的時候，那種金屬質地的光就不見了。代之而起的是一種蒼茫，一種灰濛濛的亂絮，好像花白的頭髮，有了臨近暮年的蒼老與茫然。

在冷風中蓬飛著花白亂絮的頭髮的芒草，想起不多久以前，猶如黃金絲緞的青春，也許有憤怒，也許有感傷蒼涼，也許有無奈的唉嘆，也許，竟然也可以有不可解的安靜、自在，與自我調侃的從容與豁達罷。

那靜靜地在相思樹林中剛剛結成的蟬蛹，也在想著一個亮麗高亢的逝去的夏季，牠要蟄伏在黑暗的土裡好多好多年，用來回憶和細想這一季夏日的華麗嘹喨。

其實，沒有人來過。樹林間的小徑，好像為了提供每一個哭泣者一次尋找的終點。然而，芒草使每一條路重新荒蕪了。荒蕪成從來沒有人來過，或者，來過，成為一生的終點，不需再走回去，不需要再向前走了；路，仍然在長久荒廢中被芒草淹沒了。

島嶼上的居民覺得芒草是墳地間的植物。他們害怕芒花，害怕那飛在冬日空中無邊無際的撩亂的芒花的飛絮。

也許，芒花是為了代替島嶼上的雪景罷。芒花飛起來，整片山都白了，像飄滿了雪的山丘。在熱帶海洋中的島嶼，低矮的丘陵是沒有雪的。那走在芒花中最後一個四處張望的野戰部隊的充員兵，就因此幻想著北國寒冬漫天漫地的雪花紛飛了。

「如果島嶼是一個新的國家——」那個大專畢業的排副這樣說。

芒花做為一種花，是多麼蒼涼的象徵啊！它用那麼悲傷的方法四處蔓延著，在每一個荒蕪的處所留下一些子嗣。在墳塚纍纍的山間，乾涸的河床砂石地上，在廢棄的磚瓦的窯廠，在鐵路沿線的兩邊，在無人居住的宅邸的院落，在許多車站的終點，在每一個有機會荒蕪的土地上，找到一點點空間，便寄託下了這憂傷的子嗣。

「如果沒有子嗣呢？」

「那就不能成為國家了。」

「如果沒有國家呢？」

「那就——」

大專畢業的排副意圖說服他的同僚關於一個新的國家的信仰。在沒有嚴格邏輯訓練的推論中，他和他的同僚都無法理清因為冬季的芒花引起的聯想。

關於芒花是不是一定與新的國家有關，一個擔任狙擊手的兵士漠然地鄙夷著。他倚靠著那支武器的鋼管，彷彿聽到冷肅的槍膛一陣譁笑。他一動未動，仍然倚靠在武器的鋼管上，坐著假寐。

「歷史上所有的政治陰謀者與野心家，都一定假借著『國家』的名義，使人民失去自由、使人民愚蠢、衝動；使人民盲目而殘酷地彼此對立起來，在虛假的『正義』、『光榮』的口號煽動下，如野獸一般彼此屠殺。」

他記憶起閱讀過的一本有關安那其主義的書中片段的句子。然而，他沉默著。他似乎預見到篤信「政府」與「國家」是一切罪惡與敗德淵藪的自己，有一天，仍然在某一個「政府」或「國家」的口號下，盡職地去狙擊島嶼上的，或島嶼以外的一些被稱為「敵人」的人。

他又再次聽到武器的鋼管一陣冷冷的譁笑。做為一名篤信無政府安那其思想的狙擊手，他一切精準的狙殺訓練，都將是自己致命的悲劇吧。

不知道是否因為這樣預見了悲劇，狙擊手貪看著大專畢業的排副俊美而憂傷的臉龐，竟然想上前緊緊地擁抱起來。他說：「兄弟，我們在『國家』之外和解了吧。」

島嶼上被政客們煽動起的各種「國家」的主張，仍然使居民劍拔弩張地彼此仇恨著，等待一次新的屠殺。那在芒花中睡著的充員兵，因為落後了隊伍，竟夢到了故鄉芒花如雪一樣漫天漫地飛舞了起來。

## 二〇一五年五月八日，獨白

二十年後，有一天重讀自己寫下的荒謬的字句，慶幸自己沒有被邏輯拘束，沒有被理性矇騙。想到漫山遍野的芒草花，在秋後的島嶼四處蔓延，不禁熱淚盈眶。

# 人臉

人的五官其實並不算是一種複雜的構造。眼睛、耳朵、鼻子、嘴、眉毛，是人類臉部基本的五個部位。當然，比較完整地來看，還應該加上額頭、顴骨、人中、下巴……等等更複雜的組合。

這些基本的單元，分開來看，類同性是很高的。但是，一旦組合起來，卻發生了似乎無窮盡的變化。

用傳統的相法來觀察人的五官，有一些約定俗成的習慣，例如：耳垂肥厚與福泰的關係，鼻孔朝天與破敗的關係……等等。

相法關係人的命運，把五官的觀察引導到比較功利的目的上，往往會忽略很多細節特徵。

如果能稍稍從命運的功利性中解脫出來，比較超然地去閱讀一張人臉，其實是非常有趣的事。

島嶼上的流浪狗，在最無所事事的時候，常常蹲在城市的入口，無目的地細看著每一張的人臉。

在狗的視網膜上，那些人臉的元素，像一些詭異神秘的圖譜，不斷變化著。一些不斷暗示著解讀的可能，卻始終無法解讀的圖譜，使狗們陷入一種似乎是宿世輪迴的迷惑。

有些圖譜是特別難以忘懷的，他們似乎從轉世中留下了前生的特徵，例如，有一位帶著似鼠的驚懼，戰戰兢兢地微笑著，不時小心翼翼地觸碰糾正一下頸項上的領結，彷彿還沒有退化了嘴頷上的細細的觸鬚。

猴類的五官本來就與人類非常近似，在動物的族群中，牠們的五官是比較富於表情的。牠們圓形的眼睛，在沉默中有特別哀憫的感傷。一位宗教家常常說；在凝視一隻猴子的眼睛時，便要不自主落下哀憫生命的眼淚。

但是，猴子有時也非常焦慮，在牠們努力記憶人的未來而一無所獲時，牠們就齜出可怕的牙齒，皺縮著額頭上的肌肉，陷入一種無名的懼怖。

人的臉上大部分時候記憶著猴子狀態的焦躁，等待著演化時那種無助與空茫。

「牠們五官上引起的哀憫，竟是生命本質的哀憫嗎？」那隻有著人的狹長靈秀眼睛的狗這樣沉思著。

有的人臉上延續著悚恐的蛇的陰鷙，在冰涼有一點黏液的口鼻間隱藏毒殺的陰謀。牠們靜定在殺機中的眼睛，閃爍著冷冷的光，皮膚上也常常有一種腐葉的腥味。

一張人臉走來，特別黑而粗重的眉毛，使他看起來像一種獾。曾經有過權勢，卻又喪失了權勢，使他在霸道和被驅趕的徬徨間猶豫著。

一種特別長的下頷，使一張人臉回憶著河馬或者鱷魚的宿命；在那些濕熱的泥淖中，牠們在混沌的蟲豸中活著。有時露出尖利的牙齒，向同類攻擊、撲打和撕咬，有時卻也猙獰地微笑著，在泥濘中一動也不動，彷彿一種領袖和君王的雕像，在和善與權威的交替表情下，人臉的下頷都會變長，就像河馬或鱷魚，不太能分清楚牠們表情中溫和與兇惡的替換是為了什麼。

在城市入口細看著每一張人臉的狗們，發現一張人臉的特徵，一般來說，是一張動物的臉加上一種笑容。例如：笑起來的蛇，笑起來的鼠，笑起來的猴子和獾，笑起來的河馬和鱷魚……。

笑容似乎是人臉在此生的一種修行，他們努力笑著，試圖可以擺脫那宿世擺脫不掉的蛇鼠的、猴獾的，河馬或鱷魚的記憶。

然而，暫時他們還是帶著好幾世的獸的五官在尋找一張純粹的人臉罷。

那無名的恐慌忽然使狗們都懼怖了起來。

## 二〇一五年五月七日，獨白

島嶼的老人們常常從小教導孩子如何分辨人臉的特徵，用來辨識哪一種人可以來往，哪一種人千萬要敬而遠之。最常見的說法，例如「兩腮無肉」、「耳後見骨」。這兩項特質不難在街巷市民中觀察到，有人並不瘦，但很奇怪，兩頰上硬是無肉，顴骨高起，下面像被削去一大片肉，寡寡的，如果是女人，老人家就會迷信是「剋夫」的相貌，如果是男子，更麻煩，不是寡情寡義，就是殘酷暴戾如野獸的心性，據說，歷史上許多陷害忠良的酷吏、閹宦都長得如此，兩腮上掛不到二兩肉。「耳後見骨」相法上是大忌，但一般人不容易發現，主要是好端端地，很少有人會繞到後面去觀察一個人的後腦勺。「耳後見骨」還真是要在一個人的正後方看才能確定。老人家最忌諱「耳後見骨」，諄諄告誡，見到這樣長相的人千萬不要靠近。「耳後見骨」是從正後方，可以清楚看到兩個下顎骨往外翻，突出在頸項之外。老人家認為那外翻的下顎骨就是兩把刀，殺別人，也殺自己。夠狠夠毒，卻也可憐，因為終其一生也擺脫不掉「狠」、「毒」的糾纏，時時幸災樂禍，好像傷了別人，最終是使自己萬劫不能再復。老人家的相法，當然不可全信，也不可不信，有時拿出來印證現實，還真會嚇一跳，怎麼如此靈驗。

任容 / 攝影

像一片繁星的天空，
記憶著繁華、
記憶著曾經擁有的一切……

# 記憶

其實是沒有記憶可言的。

每一種笑容必然是在倉皇的紛亂中消逝，好像夏日的花葉消逝於泥土。

所謂記憶，就只是遺落失去的種種罷。不確定的聲音、不確定的形狀、不確定的色彩和影像，那些我們不能把握的一切，我們稱之為記憶。

在日落以後，島嶼上各個角落的燈光逐漸亮起。如果在天空飛行可以看到燈光密集的城市，像一片繁星的天空，記憶著繁華、記憶著曾經擁有的一切，然而，在天空的高度，繁華只是這樣不確定的一種燈光的密集。

從密集的燈光中延伸出去，有一條通向闃暗的光的連續，那或許是被稱為公路的燈光罷。好像愛人在某處遺落的金項鍊，也很像一種臍帶，在密集著燈光的城市之間，成為一種出走、一種連接、一種回憶，或一種嚮往。

我想蜷縮成一個小小的回憶中的胎兒，搖盪在不可知的記憶的幽闇中，有些彷彿四散在漆黑中的燈光，用最無力的閃爍，說明一種自己也不能證明的存在。

伊卡，再次從島嶼出走之後，我就順著那燈光的細細叮嚀，一直走著、走著；在漫無邊際的黑暗中、在漫無邊際的失憶的茫然裡，我自己變成一種叮嚀的反覆，知道再也不能向前了，也不可能後退，只是原地踏步的重複，就像在跑步機上的跑步，用盡了力氣，卻還在原點。

伊卡，我多麼希望能輕易相信生活的幸福。包括子嗣的傳衍，包括在一個城市中努力成為一幢公寓的產權擁有者，包括在冷氣開放的自用車中看著車窗外擁擠的交通，包括每天重複著的打卡，在電腦網路上看著全世界最新的資訊，伊卡，當然包括一切新學歷和新資歷的取得……。

是的，在中年的前後，已經感覺到年資的累積，一方面是一種成就，另一方面卻也有點茫然罷。

我們活著，很安分地求取年資的積累，也許準備著有一天依靠這些「年資」，可以有很好的、安適的「退休」。然而，這「年資」記錄的，又彷彿是這一生的荒廢。我忽然忘了，這些「年資」，也就是我生命的年資。我用它來打卡，用它擁有了公寓、自用車，擁有了子嗣，所以，這些年資，應該是可以完成一次光榮的「退休」罷。

從一種職業上退休了，也竟意味著生命的退休嗎？

在夜晚的航行裡，從一個城市到另一個城市；從黑暗中一堆密集的燈光到另一堆密集的燈光。

即使是這麼小的島嶼，也有那麼多常常被遺忘的角落。而我努力用記憶追索而不可得的生活中的種種，都似乎忽然背叛了我網路的系統，它們獨自出走了，它們拒絕了我思路的體制，他們自己決定了語言和辭彙的意義，他們和宇宙間渺小不可知的記憶系統開始了頻繁的對話。

在比較靠南方的城市，一些冬季的燕子，飛翔在行道樹的頂端。這些被稱為欒樹的行道木，有像合歡的葉子，開過黃色的花以後，有許多燦爛的紅色果莢高高堆在頂端。

燕子是否記得北方的雪？牠總是在冬季來臨之前就向南方飛了。

所以，並不是因為記憶，我們才有了知識的累積。那麼，燕子的換方向，是為了什麼呢？

笑容成為一種記憶，或倉皇成為一種記憶，都沒有什麼意義。當旅途上的人，拿起皮箱，在一條像臍帶一樣的路上行走，他其實並不能確定向前或退後，大部分時間，也許我們在記憶的原野上不斷移動，好像在跑步機上的原地踏步。那麼，移動的也許只是記憶，是一幕一幕我們完全不能把握的種種，我們稱之為喜悅、哀傷、愛或恨的種種。

## 二〇一五年五月七日，獨白

島嶼的記憶總是被不斷抹殺，荷蘭人來的時候，原有島嶼上部落的原住民，靠著僅有的語言保存一些記憶。但是文字的力量太大了，漢民族逐漸移入之後，明顯用「文字」統治了島嶼的思想。漢字的「史」本來就是一隻手，拿著一支筆。原住民沒有文字，很快被外來的歷史淹沒了。台南孔廟上有「全臺首學」，其實無論是鄭氏執政，或是鄭氏失敗，島嶼劃為清帝國的一部分，並沒有改變「漢字」在島嶼上強勢的地位。鄭氏滅亡了，清代的統治者繼續祭祀孔廟，每一代的君王都在大成殿掛上漢字書寫的匾額。清代的史書上稱鄭氏為「偽鄭」，這和近代政權相攻擊，稱對方為「偽政權」是一樣的意思。漢字有強烈的排他性，許多產品上有「正」字標記，便說明是唯一可信賴的產品。然而漢字的「作偽」也已經眾所皆知。正殿上懸掛著「正大光明」常常也恰恰好透露了各種不擇手段的權謀與黑暗。日本的統治是「殖民化」還是「現代化」？被一個亞斯伯格症的患者城市領袖所引發，然而大家忽略了日本的統治恰是巧妙的運用了「漢字」的某些曖昧性。「同文同種」的「大東亞共榮」，島嶼恰好享有了「同文」的榮耀。「同文」當然就是同一種漢字。

最近漢字的曖昧性在「九二」兩字上，一個總統說「沒有九二」，另一個總統說「九二」正是那否定「九二」的總統簽署的，並且拿出簽著「×××」三個漢字的證明文件。

有證明文件還是沒有用，島嶼早已習慣漢字的作偽習性，兩個總統的支持者仍然各說各話，對證明文件沒有任何興趣。

島嶼的漢字遊戲會越來越有趣，文字遊戲久了，記憶便失去意義。沒有文字的原住民也接受了漢字，從他們的姓名開始，參加到漢字遊戲的規則之中，也逐漸失去了自己族群的記憶。

李文吉／攝影

每一天在壅塞的交通中痛苦不堪的城市居民，
不時都要抬頭看一看那條正在興建的捷便道路，
感覺著一種即將來臨的幸福。

# 捷便

城市中為了解決交通運輸的擁擠，修建了一條貫通南北的捷便的道路。

這條道路用粗大的墩柱架設在城市的上面，穿越過很多密集著人口的繁榮商業區。

每一天在壅塞的交通中痛苦不堪的城市居民，不時都要抬頭看一看那條正在興建的捷便道路，感覺著一種即將來臨的幸福。

島嶼上的政客們也企圖用這條捷便道路的通車，做為下一次執政的政治資本。「一條完成的都市捷便系統」，擅長於文宣的政黨執政者，研擬著一些響亮的宣傳口號，他們相信，這樣的口號將在即將來臨的島嶼領袖的選舉中，為他們贏得為數可觀的選民的支持。

其實，這條架設在城市上空的捷便系統，很早就決定將在通車以前，就開始一點一點癱瘓了。

是的，癱瘓，當捷便系統每天俯視下面，城市居民如蟻般的蛹動的生活，它就陷入一種深深的沮喪中。

「這是一種什麼樣的生活啊！」

當每一個城市居民抬頭仰望，看著即將興建成功的捷便系統，期許著即將來臨的幸福的同時，捷便系統卻變得異常悲觀。

「我將是一條流動於這荒蕪的城市上空的暢通血管嗎？」它有一種奇異的七〇年代的道德自責。

它也曾經夢想，自己像一條優美的河流，緩緩潺潺，流過城市的上空，「上面在晴日有藍天白雲，下面綠草如茵，有遊嬉的兒童……」它幾乎可以幻想著政黨的文宣工作者將如何發動城市各個角落的詩人，一齊來為歌頌這個美麗的城市動筆撰文。

然而，它仍然看到有殘障的肢體，攀爬在各式各樣的高架橋上，艱難地移動著。它也看見孤獨的老人，在城市的頂樓，寂寞地看著窗外的風景。

從北而南以及從南而北的捷便系統，度過了大約兩三年的時間，它們在城市的中央會合時，民眾曾經燃爆竹慶賀。

但是，也就是在那一天晚上，會合了的捷便系統，決定了通車前的癱瘓。

它們使架設的柱墩出現嚴重的裂痕，它們使巨大的鋼釘帽樑鬆動，它們使車行的軌道，在每一個轉彎處出現傾斜。

「使政黨的文宣變成荒謬的詩句罷！」在極度沮喪中的捷便系統，自北而南，自南而北，相互在淚水中擁抱著，決定了它們自己的癱瘓。

許多年以後，也許沒有人知道那是一條曾經被許多人期待過的捷便系統。在荒涼的城市夜空，孤獨的夜歸者，偶爾看到那巨大的墩柱架設成的道路，上面有出走的貓，成群聚集著，向過往的行人吐唾咒罵。

貓和鼠都迅速利用了這條捷便系統，在整個城市上空串聯起來。牠們取得了一種和解，牠們放下了宿世以來敵對的追殺撕咬的關係，決定聯合起來佔領城市的上空。

當城市居民處在壅擠的痛苦中時，他們沒有想到貓和鼠以這樣的方式霸據了城市最重要的交通。

「期待和夢想即將來臨的幸福罷！」

貓和鼠在協商會議結束後，對城市居民發出了這樣鄙夷的布告。

只有捷便系統是真正沮喪憂傷的。

## 二〇一五年五月八日，獨白

島嶼中部一段正在修建的捷運的高架鋼樑突然坍塌了。壓死了四個人，包括施工的工頭，也包括正在等紅燈的無辜路過者。

事件發生，島嶼的政客們照例迅速推掉責任，迅速責難他人，撇清與自己有任何的關係。有趣，千篇一律的政客模式，大家習以為常，也不覺得有任何不對。

所以憂傷的是那一根巨大的鋼樑吧，從數十公尺高度霎時墜落，像憂鬱重症的患者，義無反顧的輕生。

「為何還要活著？」鋼樑墜落前有人似乎聽到一聲低沉的獨白。

城市領袖自渡假的異國連夜趕回來，面對媒體，臉色沉重。因為死去工頭的兄弟剛剛發表家屬的控訴，指責市府嚴峻要求趕工，若在限期未完成進度，將要懲處罰款。

城市工務單位的負責人當然矢口否認，認為災難的發生與趕工無關。

但媒體也立刻在城市領袖的臉書上看到他前幾日表示一定要讓捷運工程超前完成云云。

鋼樑躺在地上，砸毀的物件四處散落，血跡仍未完全消失。

「但遲早會消失的——」鋼樑寂寞的想著自己的未來，架在虛浮的高空上，讓第一輛列車駛過，鞭炮聲和彩帶飄揚，城市領袖和民意代表鼓掌，向市民致賀。

# 孔雀

人與動物的性交，在島嶼上被比較嚴肅地討論起來了。

一些學者認真地思考起人類文明中與動物交媾的傳說，諸如希臘神話中天鵝與美女的性交，諸如中國民間流傳甚廣的男子與白蛇的交媾。

在學術的範圍中，學者們大致還是習慣於把人與動物的性交做為一種「圖騰」看待。在久遠的歷史中，人類曾經如何夢想著成為動物，成為天上飛的鳥，成為水中的游魚，成為土地上奔馳兇猛的獅虎野牛；這些夢想，逐一成為他們的傳說，也成為他們在美術作品上的圖像。因此，我們總是在一些古老的圖像中看到了人頭蛇身，或人頭馬身的複合圖騰，遺留著人類與動物割捨不清的關係。

太過嚴肅的學者，在圖騰理論的滿足中，其實並沒有觸及人與動物性交的真相。

或者說，陶醉在古代圖騰理論中的所謂學者，也只是不敢觸怒人的道德禁忌的偽善者罷。

真正的人與動物的性交，在島嶼民間普遍的情形，遠不是圖騰學者想像的那樣象徵、那樣神話。

獸交的影片、圖像、文字描述，甚至真實的表演，長期以來，在民間的性行為的媒體傳播中，始終不曾中斷過。

「那麼，你在街上看到狗的交媾，會萌生性的慾望嗎？」那態度謹嚴的學者在大學校園中這樣反駁著。

「其實，性也許並不是慾望。」那名被控告與孔雀進行交媾的臉色蒼白的青年，在法庭上做了這樣的陳述。

「那是什麼？」檢察官追問著。

「是一種——」青年沉思著：「是一種回復到動物的恐懼吧！」

頭髮花白的檢察官凝視著青年的表情，他幾乎可以感覺到青年從心裡發出的戰慄。

「是恐懼嗎？」檢察官希望探索到更多心理的細節。他越來越覺得自己並不是在審判調查一件敗壞風俗或道德的案件，他幾乎被這青年與孔雀交媾事件帶進了人類不可測的性的意識深沉的思考中去。

「恐懼什麼呢？」檢察官耐心地等待著青年的沉默。

「射精罷——」青年艱難地回憶著：「那個生殖的高潮，成千上萬的精蟲，我們稱為『蟲』的，竟是我們子嗣的來源嗎？」

「所以，你在性的行為中，認同自己是動物嗎？」檢察官希望拉回到與案件相關的討論。

青年笑了，他顯然意識到檢察官的詢問是完全不可理解他的行為的。他被判定「敗壞道德」，但是審判者和被判決者，其實都對「道德」一無所知。

他溫和地微笑著，他說：「不，我不是認同動物；我只是認同孔雀。」

在月圓的夜晚，島嶼南方平原上有一點點鬱熱中微涼的風。那所知名的孔雀園，在所有管理人員離去之後，孔雀從高高低低棲息的樹枝上下來，優美地行走在草地上。牠們在如銀的月光中閃耀著藍綠的羽毛，牠們行走的姿態彷彿是天生的君王。

「孔雀張開了牠美麗的尾羽，像一把最華麗的波斯王的宮扇，牠在我的面前優雅的旋轉著，我才了解，牠憤然立起的尾羽下隱藏著的竟是交媾的慾望……」

「月圓，孔雀的尾羽，波斯王的宮殿，島嶼鬱熱而又微涼的風……」檢察官重複著：「你要我用這些內容來辯解你和孔雀的交媾行為的合法嗎？」

「我沒有要求辯解——」青年安靜地回答說：「我只是陳述事實。」

## 二〇一五年五月八日，獨白

我讀過一篇日本作家三島由紀夫的小說，名字就叫「孔雀之死」。描述每當月圓的夜晚，一處著名的動物園的孔雀就都被屠殺了。地上攤著數以百計的美麗羽毛的孔雀屍體，那畫面使我顫慄。

年輕的警官調查案件，走訪附近的一名老教授，發現他桌案上放著年輕時俊美的照片。三島詭異的美學在這篇小說裡交錯著自戀、性的渴想，青春的逝去，像一首文明的輓歌。然而島嶼上發生了一樣的事件，在嘉義的某處山區，豢養孔雀的暴發戶，憤怒的發現每當月圓晚上孔雀的死亡。

暴發戶以孔雀宴號召，一餐叫價五萬元，把孔雀像聖誕火雞依樣烤熟，澆上蜜汁，最有趣的設計是，在烤雞尾部重新插回一根一根的孔雀尾羽。

臉色蒼白的青年為何知道暴發戶如此恐怖行徑，沒有人得知。但他確實在每一個月圓的夜晚，潛近孔雀身邊，在這些美麗需要愛撫的禽類張開尾羽時，青年哀憫流淚，便騎上孔雀，和牠們交媾。他的確想到古代希臘的宙斯幻化成天鵝，與美女利妲交媾的故事。

那荒涼的山區，因為暴發戶因醜聞而破產，青年長期羈押在牢獄中媒體失去聳動的報導價值，故事也就逐漸被人遺忘了。

任容／攝影

島嶼為了中產者描繪的奇蹟般的財富，
對於各式各樣的人的死亡，
是沒有什麼感覺的。

# 中斷

伊卡，許久以來，我遺忘了你，和你的狗。但是，我確知你們在這個城市的某個角落，相互依靠著生活下去。

生活也許真是很艱難的罷。

城市裡低收入的族群，在艱難中活著。他們被中產者製造的富有和繁華的遠景眩惑，以為那是他們也可以期待的幸福。是的，這個城市輪流執政的政黨，其實都同樣一直是中產者資本家的代言者。他們成功地取得了權力與財富，他們也成功地描繪了城市未來美麗的希望，使每一個在低卑的生活中的勞動者，在他們低卑而苦悶的生活中，願望著明天的幸福。使他們轉移了對現實的一切不合理、不正義的怨怒，使他們誤以為那社會資源不公正的分配，是因為自己還沒有付出更大的勞力。

道德和法律都主控在不道德與不法的執政者手中。因此，在低卑中生活的勞動者，偈促在城市中的小市民，仰望著不法者制定的「法律」，依循著敗德者宣揚的「道德」，努力使自己在永無休止的爬升中，彷彿向著美麗而虛幻的未來有了一點點接近的可能。

島嶼上，一次重要的立法者的選舉，那以勞動者的名義參選的候選人，站在粗糙的木箱上，嘶啞著喉嚨，發表他的政見。他的政見其實並不激烈，但是，也許他受了太多中產者教育的影響罷，他的語言竟是勞動者們完全聽不懂的。

島嶼的冬天，並不特別寒冷，但是，偶然從北方南下的寒流，使候選者的政見，失去了群眾。大約三、四名聽眾，呆滯地站在寒風中，縮著脖子，無表情地看著木箱上勞動者的代表者，慷慨激昂地揮舞著雙手，群眾們似乎也無法認同，這就是他們低卑的生活中站起來的代言人。

那麼，伊卡，你和你的狗，一定會這樣質問，這個龐大的城市中為數眾多的勞動者，都到哪裡去了呢？

那在現實中怨怒而苦悶的族群，在夜晚的高速路上，開著裝滿貨物的聯結卡車。他們被鼓勵著不斷違法超速，以運載的次數獲取巨額的獎金。

他們其實並不怨怒，他們也並不苦悶；他們只是不斷嚙咬檳榔，刺激那疲倦了的神經。在他們滿佈血絲的眼睛中，除了筆直的高速公路夜晚荒漠的燈光外，還有那些眩惑迷人的中產者描繪的對未來的美麗遠景。在他們睏累到不能支持的時候，他們把巨大的聯結車停在黝暗路邊，吸食或注射興奮的藥劑，用來使自己有更多的精力，可以奔赴那美麗的前景。

伊卡，這是我們所說的島嶼奇蹟一般富有起來的原因嗎？

也許，島嶼上的勞動者，在美麗未來的煽惑下，滿足陶醉於各式各樣富有的幻想，他們的怨怒和苦悶，都被一一轉化為爭取富有的慾望。他們要不斷獻出勞力，不斷榨取自己最後的一點精力，要在闃黑的夜晚奔赴一條永不能回頭的黑路。

伊卡，我們常常在媒體上不經意的讀到這樣的報導：聯結車或砂石車翻覆了，一輛砂石車在黑夜中撞上了一輛摩托車，摩托車被卡車拖過了三個街口，車上是一名夜校的工讀生。

島嶼為了中產者描繪的奇蹟般的財富，對於各式各樣的人的死亡，是沒有什麼感覺的。

我們在電視螢光幕上看到一張被慘白的燈光照著的呆滯的臉，呆滯的疲倦，雙眼佈滿了血絲，嘴角猶仍殘餘著如血漬一般的檳榔嚼食後的餘跡。媒體記者的或是警檢單位的鎂光燈閃亮著。他呆滯疲倦的臉上有一點茫然，那些閃亮的鎂光，彷彿使他覺得還在筆直的高速公路上急駛。一盞一盞白花花的路燈，忽忽地過去，在清醒和疲倦的睏累中過去，他唯一的意識是自己要更快速，更快速去奔赴那幸福而富有的未來。但是，他也忽然發現，自己在肇事的現場，在蜂擁而來的執法者和媒體記者的面前，被強光照著，那通往富有的唯一的筆直的路，忽然中斷了。

伊卡，我一定要在這巨大而荒涼的城市中找到你，和你的狗。

## 二〇一五年五月八日，獨白

一輛砂石大卡車在叫沙鹿的地方衝撞了十七台小轎車和摩托車，死傷慘重。城市的交通管理人員立刻宣布將進行快車與慢車的分道。

沒有人注意到大卡車的司機被稱為「肇事者」時那茫然呆滯的表情。

電視螢光幕上看到他的臉交錯在鎂光的閃爍中，許多媒體快速拍照，要在發稿前搶到獨家的畫面。

那些死者猶蓋在白布下，沁透著彷彿烏黑的血跡。死者的魂魄坐在媒體的攝影機上，它們一點重量也沒有，比古代歷史家說的「輕如鴻毛」還要輕。因此沒有一個媒體報導者會發現，他們要拍攝的對象其實不是那蓋在白布下一堆血肉模糊的東西，他們真正要拍攝的對象已然從血肉中解脫，正輕鬆地坐在攝影機上，有的還頑皮地玩弄鏡頭，致使有些傳輸出來的影像竟有難解的暗影。

沒有人關心這些不正常出現的暗影，因為島嶼同樣的事件一再發生，沒過幾天，那聳動令人不忍的畫面就被遺忘了。島嶼存活下去最強韌的能力就是「遺忘」。

李文吉／攝影

有一點手風琴破舊走音的調子，
有一點戴著墨鏡的盲歌手娓娓道來的哀傷，
時代就那樣過完了。

# 老去

如果沒有了悠閒和豁達，生命又有什麼意義呢？

在產業的改革中，原來生活於農村的人口，陸續在大約二、三十年前，從鄉鎮的各個角落，向城市集中。

那在城市近郊耕種的中年男子，因為在風雨日頭下的勞動，看起來比較蒼老，過路的著花衫的年輕姑娘們，都嘴甜地叫他「阿伯」。

她們說：「啊，田中耕種的阿伯，那人們口中傳述的繁華都市怎麼走？」

好像一整個世代只活在一首蒼涼的的老歌當中。

有一點手風琴破舊走音的調子，有一點戴著墨鏡的盲歌手娓娓道來的哀傷，時代就那樣過完了。

我們稱之為「產業改革」的種種，也正是那些穿花衫的年輕女子在各個工廠的生產線上逐漸老去的故事，也正是那田間勞作的中年男子失去了土地，在孤獨中死去，或成為癡呆的老人的故事嗎？

有什麼榮耀是值得囂張自大的呢！

島嶼也許將逐漸在艱難中學會一種謙卑吧！

好像高山上盤旋的鷹族，低低地盤旋著。牠知道，因為一種低度，才有獵物；但是，牠當然也知道，因為一種低度，牠就在獵人槍彈的射程之內了。

生存和危機一直是如此孿生的一體兩面罷。

也許我將選擇低低地盤旋下來，低低地俯身向那生活的艱難。我將如鷹族們一樣，露出銳利而且毫不妥協的眼光，索尋著大地上任何一種不可藏躲的獵物。那些膽怯瑟縮在樹叢間的鼠兔，那些在冬季蟄伏在淺穴中的長蛇，那些應該可以高飛，卻忘了如何高飛的鶲鴿和鵪雞們。

島嶼當然是在長期的艱難中學會了有一點點鷹族的悠閒和豁達。可以解脫了淺浮的囂張自大，可以在更多的驚恐、災難，你死我活的爭鬥中，開始學習一種鷹族的睿智。

所以，我們永遠在獵人槍彈的射程之中，我們應當牢牢記得，那些槍管冷冷地對著我們的胸腹，那些等待在黑暗的槍膛中的子彈，如何耐心地蟄伏著，只要扳機被手指扣動，機簧彈動，那子彈就立刻急射而出，一無躲避可能地射穿我們的胸腹。

如果是殞落的鷹，不知道將帶著甚麼樣的夢想和回憶？

牠仍然努力撐開翅翼，希望藉著風的助力，可以忍住射穿的劇痛，搖搖晃晃，飄向比較遠離死亡的射程。

然而，處處都在死亡的射程之內。

那坐在公寓一角，垂流著口涎，目光呆滯，瞪視著電視螢光幕的老人，沒有人記得他曾經有過一塊城市近郊的土地，曾經有過巨大的勞動，在風雨日頭下鍛鍊成結實的筋骨肌肉，皮膚粗糙如岩石；沒有人記得，他的土地一年四季有過不同的景象，稻浪翻飛，纍纍結實的稻穗，有吱吱喳喳的麻雀聚集，有各個鄉鎮穿花衫的年輕女子，羞怯地向他問候，並且探詢到傳述中那個繁華城市的路怎麼走。

在島嶼進入最寒涼的季節的時候，有一些蒼老的眼淚垂掛在各個孤獨公寓的痴呆老人臉上。

我們誤會了，我們以為眼淚是哀傷心事的表徵，事實上，也許，那些眼淚只是經歷了生活的艱難之後一種無以言喻的痳木罷。

其實是一個下班的媳婦，匆匆忙忙跑進公寓，在黑暗中發現了開著的電視，發現了歪斜在沙發上的老人，臉上垂掛著眼淚鼻涕，這下班的婦人，就拿了面紙，替老人擦揩乾淨，她隨即說：「爸，晚上公司尾牙，我們都不在家嘍！」

電視螢光幕上正放映著有關島嶼如何繁榮與團結的宣傳影片。

## 二〇一五年五月八日，獨白

我不想記憶這樣一個畫面。呆滯的一張臉，凝視著畫面跳動的電視銀幕。嘴角淌著口水，眼角流著淚。他所有的機能都衰退了，所以口水不是因為味覺刺激，眼淚也與哀傷無關。那只是機能敗壞以後分泌物的自然排泄，也已經無法管控。如同一般人說的「尿失禁」，所以他們也時時包著嬰兒的尿布，但因為看護人力不夠，無暇定時更換，老人看護所裡就瀰漫著一股難以言喻的惡臭。

那是島嶼下一世代逃避不了的氣味吧，在他們縱情唱著「島嶼天光」時，在他們迅速占領國會的同時，他們不容易記得在自己家族的老人身上，那些惡臭已如此無所不在地蔓延，成為島嶼用任何革命的歌聲也掩蓋不了的氣味。

而家族的故事將一再重演，很快就降臨到正在籌劃新的革命的這一世代身上。他們靦腆羞赧，聞到自己身上這種氣味，以為是因為革命而疏懶了洗浴和換衣物，但其不然，那氣味不來自衣服，而來自他們肉體裡根本的荒涼吧。

# 您夠淫蕩嗎？

島嶼上流行的一個笑話最早是這樣開始的——

一個三十歲出頭，在美洲修習文化理論的學者，頭髮微禿地回到了故鄉。

他對故鄉種種，有許多不習慣。包括庸俗的消費文化，包括長期壟斷文化媒體的專業人士對世界前衛文化理論的無知。

「這樣自閉於世界前衛的文化理論。」

他搖頭嘆息，以他慣常的溫和的鄙夷攤開流行的一些文化批評和閱讀批評的著作，顯現了他精銳的文化理論學習面臨這樣「不長進的」故鄉的深切無奈。

他常常用「不長進」這樣的字眼形容故鄉，包括在政治取向上強烈主張島嶼建國的他，也常常對同政黨中散漫而無理論基礎的建國意見搖頭嘆息，最終在無奈中只有沿用「不長進」這樣的辭彙來表示他一貫的鄙夷。

一九九五年初，在島嶼建國運動北方的強大陸地軍事力量發生衝突時，學者應邀到北方參加一項有關現代文化理論的研討會。

他不像一般迂腐保守的島嶼建國的初期的街頭闖將，甚至他十分鄙視那種草莽的抗爭形式；他常常強調：島嶼的建國必須有世界前衛的思潮理論作基礎，才不會淪於一種「市井小民的血氣之勇」。

這也是為什麼他在眾多反對意見中，獨持己見，決定接受北國的邀請，他說：「應當以世界前衛的思潮去對待武力蠻橫的威脅。」

他於是去了北國猶在料峭春寒中的京城。他想到世紀初的某一位革命者，也曾經從南方北上，在深深的呢帽的遮掩下，露著篤定的建國的信念。他因此也下意識地拉了一下大衣的衣領，把頭上的呢帽壓低。當旅店的侍者體貼地說：「這兒冷，您不習慣吧，先生。」他溫和地報以一笑。他想：革命建國的孤獨為何永遠是難以為人理解的呢？

他辦好了「住房登記」。當侍者請他辦「住房登記」時，他也即刻想到，在島嶼上，故鄉的同胞已多麼習慣使用美洲的外來語言，他竟一時想不起來，在旅館辦「住房登記」這件事，在島嶼上是以甚麼樣的語言來表達；對一個有著建國理想的文化學者而言，這是多麼深刻的體會啊！他也敏銳地察覺到應該從這些的語言模式上，去分析島嶼建國與北方之間意識與行為的長期分歧，也從而指證出島嶼建國在文化行為學上的理論基礎。

他的優秀文化理論的訓練，使他的確很不同於一般粗蠢的政客，或陰謀的野心家，他是以極細緻的文化分析來進行一種真正的觀念革命。

他在北國京城的幾天，也特別注意同樣一個民族文化的淵源，由於意識形態的不同，可以在短短五十年的分裂期間，造成語言和文字模式多麼巨大的差異。

「特別是那些非知識分子的民間語言，更有著文化符號的真正象徵——」他在自己的筆記上做了這樣的註記。

因此，他在電梯間碰到一個女性的語言，雖然可以說是意外，也似乎同時是他處心積慮關注京城語言中行為模式的一定結果吧！

事情是這樣的——

他在一天疲勞的會議中回到旅館，拿了房間鑰匙，有一點仍沉浸在會議中有關語言與人類行為的思維中（他正在思考保加利亞裔的一位女學者克莉斯特瓦的相關理論）。

「先生！您夠淫蕩嗎？」忽然，他清晰地聽到開電梯門的女子這樣問他。

他一時錯愕，無法了解這麼清晰的語言究竟是甚麼樣的行為暗示。

他怔忡了一會兒，勉強回答說：「我，我還好吧！」

他困惑地看著一張塗得白白的北國女子肉肉的臉，很紅而豐厚的嘴唇，很高聳的胸乳，開得很高衩的旗袍，露出雪白的大腿。

那女人仍面無表情地看著他，用京城人特有的嘴唇不太張大的方式說：「先生，您going down，還是going up啊！」

當語言忽然轉回來時，學者有一種在慘敗和亢奮之間奇異的狂喜，他匆匆出了電梯，不斷喃喃自語：「您夠淫蕩嗎？您夠淫蕩嗎？」他想：這是多麼鮮活的語言與行為模式的思維聯結啊，他竟忍不住在房間中狂笑了起來。

但是，後來轉述這個笑話的人都少掉了學者心事的背景和北國寒涼的季節。

## 二〇一五年五月八日，獨白

島嶼是應該多一點幽默的。

島嶼日復一日掉進粗俗貧乏的謾罵，連謾罵的語言都一再重複，沒有任何創意可言。主管文創的機構甚至認真擬定了一個「謾罵創意獎」試圖糾正謾罵語言的大墮落。

主管這項計畫的處長，因為有生長在不同族群的社區經驗，從眷村到福佬社區到客家社區，甚至漳、泉、同安的語言經驗都有，使他回想起漫長成長記憶裡不同族群「罵人的話」。例如「放屁」，雖然簡潔有力，但是用多用久之後毫無變化，就失去文化的創意性使一個原來有力的「放屁」演變成毫無力量的氣球最後「噗」一聲的洩氣，完全失去罵人的力量。這位處長精確地引用自己小時在某一太太口中聽來的修飾過的「放屁」。他說，「放屁」絕對可以文創起來，把兩個字拉長，具備更多修辭上的文學意義。他的引證例子的確讓與會的委員吃了一驚，他用很慢條斯理的腔調說：「『放屁』可以修飾成：『放妳媽媽十二道連環旨意風騷屁——』」，他講完以後很多年輕學者完全無解，「什麼是『十二道連環旨意』啊？」一名女性生氣地抗議。處長微笑著，他說：「你太年輕了，那是威權時代罵人的話，當時推崇岳飛，岳飛是被連下十二道聖旨處死的，因此這句罵人的話不只有文學性，形容一個屁的連環放法，也同時有時代性，包含了當時訂為『國策』的岳飛故事也創意進去。」

會議當然沒有結果，文創的議題一個接一個，很快處長換人，又有新的經費召集其他的議題討論了。

# 靜坐

我逐漸知道，深藏在身體裡面，那頭未曾死去的獸，仍在等待著機會，要向那無邊無際的曠野出走。

是的，伊卡，彷彿是黃昏時斜射的日光，把野地裡孤獨的獸映照成一種靜止的雕塑。牠靜靜地凝視自己在曠野上長長的影子，彷彿凝視一種死去的尊嚴。

「那麼，活著只是各式各樣的妥協與苟且嗎？」牠一而再、再而三的逼問自己。

島嶼上一次大規模的靜坐剛剛結束。

民眾聚集在以收藏古代文物著稱的博物館的廣場。他們很安靜地看著政客、官僚和學閥們，在眾多的古代文物間進進出出，交頭接耳，盤算著一些民眾不了解的計畫。

「所以——」那頭臉細小圓滑的學者緩慢地說：「其實，島嶼是一向有著被侮辱的傳統的。」

有關島嶼三百多年的相關歷史事件的資料，全部被集中在一所著名的大學中。大學的研究中心即聘任了這名頭臉細小圓滑的學者，擔任整個研究計畫的主要負責人。

從大學部的學生到研究層次的研究生，乃至於研究助理及各級的研究員，層層負責著不同階段的史料分級。他們在長達數年的時間中，蒐集了完整的史料，嚴密而精確地條列每一件史料，並以極科學的方法進行研究。

頭臉細小圓滑的學者非常堅持每一層級的研究人員都必須「面無表情的」面對每一件史料。

「以確保歷史研究的客觀性！」他常常這樣向學生們叮嚀。

「面無表情」變成了整個學術研究的最重要的格言，甚至，為了達到對研究的絕對客觀，他們訓練研究人員彼此以外來的語言交談；他們相信，母語本身即沾帶著「情感」的不客觀性，「而『情感』——」學者們面無表情地說：「是研究學術的大忌。」

民眾們其實無法了解「面無表情」的必要性。他們在大學的附近，看到「面無表情」的學者和「面無表情」的學生，偶爾會想起一種生物實驗中的標本，徒具生命外殼的穿山甲，或齜裂出牙齒的鼬鼠，牠們其實是有「表情」的慾望的，但是，似乎又已經被剝奪了「表情」的可能。

但是民眾們保持著對「面無表情」基本的尊重。這項龐大的研究計畫動用到了島嶼上勞苦工作的人們大量的資源，但是，人們並不抱怨，他們認知到一種歷史回溯的必要性，他們認知到生活在島嶼上的人，多麼需要一個有自信的過去，做為他們可以繼續在島嶼上生活的理由。

「其實，島嶼是一向有著被侮辱的傳統的。」

當頭臉細小圓滑的學者做出了這樣的結論時，等待了數年的民眾愕然了。比較勇敢的民眾追問了一句：「因此，那表示，我們將繼續以侮辱維生嗎？」

代表整個學術研究計畫發言的這名頭臉細小的學者不願意陷入民眾低層次的情緒中去，他仍然謹守一名學術研究者嚴格的分寸，他只是面無表情的再重複了一次結論：「島嶼是一向有著被侮辱的傳統的。」

他最後這一次的發言是以外語公佈的，經由一名他的研究助理翻譯出來，刊登在島嶼最重要的學術刊物上。

據說大部分的民眾不能完全了解他在使用外語時辭彙的意義，他的研究助理又力圖持續保有「面無表情」的研究者分寸，因此，對於這樣的結論，大家都感覺到一種無以名之的惶然。

於是，民眾們只好從學者的臉上閱讀可能的訊息，他們看到一張小小圓圓的臉，短而微微八字的眉毛，一顆永不透露心事的講話時不停轉動的小小的眼睛，一種輕聲細氣彷彿交頭接耳的聲音……。

民眾的閱讀其實是不可能有任何結果的。因此，伊卡，我們只是在島嶼被侮辱的歷史中留一點不甘心的痕跡罷。

## 二〇一五年五月八日，獨白

關於M國最新公布的國防報告，強烈告知島嶼的軍事設備多麼落伍，一旦若是北方發動攻擊，島嶼將立刻陷入無力招架的悲慘境況。

M國的軍事報告書隔幾年發表一次，但從未像這一次這樣措辭嚴峻。

軍事報告書詳列了北方擁有的各種先進武器，警告島嶼的執政者，若不立刻添購M國的新式戰備，將失去任何「獨立」的可能。但是軍事報告書又同時即刻補充說：M國一向站在台海兩岸的和平基礎考量下，希望「維持現狀」。而「維持現狀」的最佳方式就是盡快以每年島嶼國民所得的百分之三的數字，添購M國新式武器，以鞏固島嶼的「國」防。

看起來像是「軍事報告書」，但看到結尾，又像是兜售商品的行銷高手的廣告。

二十一世紀如果還有「殖民地」存在，應該是很「另類」的「殖民地」，而強迫推銷商品，威脅利誘，都是使島嶼不自覺是「殖民地」的高招。

所以，島嶼何去何從？建國嗎？維持現狀嗎？統一嗎？執政的領袖，將要執政的領袖，都必須是CEO的高手，否則，只有一再被屈辱的剝削出賣吧。

當然，下一任島嶼總統的候選人也必須在適當的時機向M國報告採購軍事武器的結論。

# 奶

島嶼上對於女性和男性的奶的形狀有許多派不同的意見。

比較文雅的說法，常常並不用到「奶」字，而是改為含蓄一點的「健胸」。

當然，在嚴密的生理解構學上來看，「奶」並不等同於「胸」。這也使島嶼上許多對語言學有研究的學者大為不滿，認為這種對於語言的混淆，將嚴重影響島嶼上人們的思維能力。

「我們總不能把雞『胸』，稱為雞『奶』吧！」一位學者憤憤然的這樣抗議，並且發動了學生，把一個城市中有關「健胸」的廣告在一夜之間都撕掉了。

這位學者也去函許多相關的政府單位和民間企業，要求把「健胸」一辭，正式更改為「健奶」。

學者在呈遞到各界的陳情書中，基本的論點是：只有男性可以稱為「健胸」，女性必須正名為「健奶」。

這篇陳情書，沒有想到引起了部分女性強烈的反彈，認為是對女性有意的誣衊和敵視。閒雜的媒體記者又挖角到有關學者同性戀的隱私，藉此大加渲染，引以為學者歧視女性的重要把柄。

學者的打擊是可想而知的。

比較寬容的來看，在島嶼經歷各種意識形態的轉變中，對於一些看起來細微末節的小事，那種近於吹毛求疵的要求，未嘗不是人們開始思維辯證的起點罷。

「荒謬原來就是導正思維的開始。」

學者在打擊過後，逐步療養好受傷的心情，他仍然不失為一名頗有生命力的學者，也為自己準備了一次環島的獨自的旅行。

其實他在旅行中，還是擺脫不了「奶」的糾纏的。

「奶的蠱惑——」他敲敲自己的腦殼，希望能停止各式各樣的奶在頭腦中晃來晃去的負擔。

「奶是因為吸吮而成形的——」他也曾經在筆記上這樣記錄。

哺乳成為生物的一種現象，才有了奶的演變；他非常堅持這樣的論點，也試圖在人類學的基礎上和與他為敵的女性主義者們進行理性的溝通。

他閱讀了一些人類學家在「奶」的形狀上做的極科學的論證，的確證明了部分他的論點。

例如某一個山區裡的部族，由於女性勞動的結果，生產後的女性，必須一面揹著嬰兒，一面進行農業生產，因此，幾乎無法給嬰兒哺乳。

「但是，人類永遠不會陷在困境中，相反的，人類的價值正在於不斷解決困境——」這名人類學者在著作中這樣強調著。

這些揹負著嬰兒進行農業生產的部族女性，最後，在長達數十萬年的演化過程中，竟然發展出了一種非常長的奶的形狀，可以在揹著嬰兒工作時，只要嬰兒一啼哭，母親就從前胸把奶甩到後面去，嬰兒可以輕易的吸吮，母親也可以不必停止手中的勞作。

學者翻閱這本人類學的研究報告，很仔細地察視人類學家拍攝的照片，照片中的女性都有著長達胯部的奶，甚至還有幾位把奶打了結，交叉在胸前。

「島嶼在意識形態的觀念革命中，一定要習慣這種科學的論證——」學者又找回自信，也籌畫著回到城市後另一波對於「奶」的發言。

這本人類學的報告，學者並沒有看完，有關這個長奶部族後來的發展，其實是很引起人類學家憂慮的，因為在工作中，許多母親把奶甩到後面，用力過猛，常常因此打傷和打死了許多嬰兒，「奶成為一種暴力，是始料未及的。」人類學家做了這樣的結論。

## 二〇一五年五月九日，獨白

島嶼新近的示威是來自一些孕婦們的革命。她們上街頭，裸露出懷胎的肚腹，在肚腹上畫圖，寫標語，試圖喚起大眾對孕婦的關切。我最初以為是關於大眾交通系統上爭取讓座的權益，因為好幾次看到孕婦挺著大肚子站在博愛座前，年輕學生繼續滑手機，不理不睬，的確覺得應該有更強勢的呼籲。但是孕婦運動的訴求更本質提出了對孕婦的尊重，似乎回到了人性的自然規律的探討。我才知道有多少孕婦在近數十年被剝奪了自然生產的權力，動物在「痛」的艱難裡生產的意義被忽略了，一位孕婦這樣闡述。原來我無從理解的孕婦生產的狀態已經被大多數醫院制定成「剖腹」，也就是「剪開會陰」，讓嬰兒沒有困難就滑出產道。「那不是造福孕婦嗎？為何要抗爭？」不只是男子們不能理解，連同一些剪過會陰剖腹生產的婦女也似乎不完全認同這革命的意義。

生命在艱難裡存活，一切的艱難都不曾阻礙存活意志，卻相反地使生命更為堅強。

許多先進文明重新檢討母親哺乳的重要意義，許多文明重新檢視孕婦自然生產的重要意義。人類總是一再犯錯誤，又一再修正，像生產前的陣痛，是警告，是艱難，也是期待、喜悅，是母體與新生命交換的不可取代的殷切密碼吧。

# 馬

島嶼上據說原來是沒有馬的。馬究竟如何引進到島嶼，甚至數量可觀地繁殖了起來，成為人們一時關切的問題。

「如果馬不是島嶼原生的，那麼，牠有可能是在古早移民的時代從北方的草原上引進的。」一名對馬的育種有研究的專家曾經做過這樣的推論。

但是，這名專家的推論還沒有機會發展，就被激烈的島嶼建國的政黨發言人嚴厲地斥責了。在島嶼建國的艱辛運動中，激烈的成員試圖切斷一切來自北方的牽連。發言人指責育種專家這種推論是對一種大國沙文主義永不悔改的嚮往。

育種專家當然覺得有些委屈。他在早餐桌上咬嚼麵包的時候，沮喪地看著桌子玻璃反光中自己長長的臉，以及鼻梁兩邊分得比較開的兩隻孤立的、圓圓的眼睛。

他打開報紙，重新閱讀了一次那篇署名為「馬非」的作者攻擊他的文章，題目的標題是：馬的育種與大國沙文主義情結的末路。

關於馬在島嶼上近四十年來的育種繁殖都是他的貢獻，他的學術理念當然不會輕易被那些「宵小般的政客」所動搖。

「宵小般的政客——」他鄙夷的放下報紙，又看到了早餐桌玻璃反光中自己如馬的長長的臉，如鼻梁兩側分得很開的眼睛。

在長達四十年馬的育種過程中，他最大的收穫是發現了島嶼上的馬和草原上的馬在眼睛位置上明顯的不同。

一般來說，馬在遼闊的草原上，需要「眼觀四方」，視覺角度的經驗是非常遼闊的。「人類的眼睛長在前端，是因為人類已經不需要太大的視野——」育種專家這樣想。他發現大部分草原上的馬，眼睛都分開長在兩側。「假設我們的眼睛分別長在耳朵的位置——」育種專家在鏡子中模擬了一下，他想：「那時人類視覺的經驗將完全不同罷。」

育種專家甚至相信，馬分別長在兩側的眼睛，看到的景象是不一樣的。「左側的眼睛看到左邊的景象，右側的眼睛看到右邊的景象。就像兩張照片拍攝下來的景象，最後在視神經中統一，輸送進腦的記憶系統中去。」「就像電腦的『合成』」他這樣比擬。

「因此，草原上眼睛長在兩側的馬，大約合起來有兩百二十度的視野！」育種專家在札記中做了這樣的紀錄。

但是，島嶼上的馬，眼睛的部位明顯的轉移到了前端，「牠們的視覺寬度必然受到眼睛部位的限制——」育種專家這樣說。

這是為什麼他發現島嶼上的馬的確是從北方草原地帶引進的。「只有物種的演變說明著一種生命的歷史——」他感慨地思索著：「引進島嶼的馬，在漫長的時間中，逐漸放棄了草原上遼闊的視野，開始適應島嶼多山的狹窄空間，也逐漸改變了基因，在一代一代的遺傳中把眼睛的視野需求調整到適應島嶼地形的狀況。」

如果沒有太多的成見，育種學者這些縝密的思考也許是島嶼建國的成員也可以考慮理解的罷，在艱難的移民適應現況的生活中，物種的改變，其實應該是獨立建國最重要的基礎罷。

育種學者最後還是回到玻璃的反光中細細觀察自己的臉。在長期對育種的熟練經驗中，他當然發現了自己的臉是越來越像一匹馬的五官了。

「難道基因不只是一種生理的存在，也可能在心裡中反應出來嗎？」他大膽的這樣猜想著。他確定自己身上並沒有馬的生理基因，但是耳濡目染，他相信自己身上是已習染了許多馬的心理基因罷。

在島嶼的領袖新近戲謔了一名官員長得像馬之後，育種專家更驚覺到島嶼上人的五官的確似乎習染了馬的基因。他匆匆吃完了早餐，感覺到腸胃蠕動，許多飽脹的氣體渴望著放洩，他便挪移了臀部，一面思考島嶼上馬的蔓延，一面放洩了大量的屁氣。

## 二〇一五年五月八日，獨白

島嶼中部一處叫做安和的地區發現了大坌坑文化同時期的遺址層，相當於四千八百年前的新石器時代的生活聚落。有手工製作的陶罐，也有墓葬群的發現。

考古學者藉著這些出土的墓葬型式推論島嶼最初初民生活的文化內涵。

沒有受到不學無術的地方民意代表和政客們的政治干擾，這一次考古遺址的發現和論述難得保存了真正專業的純淨。

還是沒有馬的遺骸出土，島嶼上大坌坑文化與北方的關係還是曖昧不明。但許多學者更有興趣的是島嶼和廣大的南島語系文化的牽連。

學者發表了一些圖片，有一張母子的骨骸引起我的注意。

圖片很清楚，是一名女性骨骸，懷抱著一名嬰兒。

考古報告驗證了這名身高約一百六十公分的女性性別，起初以為她懷中的嬰兒骸骨是懷胎死去，因此確定是母與子的關係。

但更新的報告認為，無法確定必然是母與子。嬰兒的性別，也無法確定。圖片中的「母親（？）」讓我沉思良久，她（？）只是骨骸了，沒有肌肉，沒有表情，沒有可以轉動的眼珠，沒有嘴唇，沒有臉頰，因此無法判斷她是驚恐，或是微笑。

她的確用沒有眼瞳的空空的眼眶看著嬰兒，彷彿無限慈愛，在長達四千八百年的漫長歲月裡這樣專注的看著嬰兒，沒有一點分心。

沒有政治的干擾，初民的生活是可以如此寧靜單純的嗎？

# 非馬

人在小小的島嶼上陸續變成馬了。

他在夢裡看到各式各樣的馬，奔馳在島嶼的丘陵、河邊、海域；牠們身上的色彩斑斕奪目，好像海底游行於珊瑚水草之間的熱帶魚。牠們奔跑起來，搖動著長長的馬鬃，彷彿鳥的飛翔於空中。

伊卡依靠著一塊海邊的岩石睡著。他的有關各種色彩的馬的夢，使他沉睡中的臉透露著嬰兒般的微笑。

他甚至沒有被馬的蹄聲驚擾。那些奔跑的馬，一點聲音都沒有。牠們的馬蹄像是最好的樂師們輕輕接觸在琴弦上的手指，聲音都彷彿是回憶中的聲音，沒有了重量。

那些馬甚至跑到離他很近的地方，側轉著頭，用清澈明亮的眼睛凝視著睡眠中的伊卡。馬的蹄聲變成一種非常輕柔的、一波一波海浪在沙灘上迴環的聲音。是的，一波一波的潮聲使他在冬季島嶼淡淡的陽光中，依靠著一塊岩石入睡，夢到島嶼上的人，陸續變成了彩色繽紛的馬，美麗地奔馳了起來。

可不可能，島嶼的丘陵起伏，是為了這些美麗的馬的奔馳？可不可能，馬的奔馳是為了伊卡在冬日的憂傷裡一次小小的夢境？可不可能，島嶼的存在只是為了成全那些色彩繽紛的馬前來看一次伊卡嬰兒般沉睡的面容。

伊卡，在島嶼寒涼的季節，我們似乎盼望著這個島嶼還有最後一點美麗的夢想；即使是美麗而不現實的夢想罷，如同人都陸續變成馬的種種。

馬的陸續變成了人，曾經使島嶼上最後一批居民恐懼憂傷。看到那些裝扮起來的馬，放洩著惡臭的屁氣，出入於國家的各個部會，出入於立法、司法的機構，出入於選拔國家人才的考試與銓敘的單位，拉著長長的詭異的臉，兩側長著圓溜溜的精靈般的眼睛，穿著花色奇怪的衣服，裝扮成雌的或雄的人臉，吐說著使人懼怖的語言，露出貪婪粗鄙的牙齦，或諂媚巴結的笑容，努力在島嶼將要來臨的領袖選舉之前，使每一匹馬都更裝扮成人的模樣，他(她)們也很努力地使島嶼未來的領袖也要繼續要保有馬的特質，很努力地使未來島嶼的領袖一定要有一張長長得如馬的臉，「馬而裝扮成人的模樣」，他們在各種文宣中這樣簡明地昭告島嶼的人民。

馬而努力裝扮成人，其實是艱難的。即使很像了，總還有著一些馬的習氣，例如：較長的牙齦，窄狹的額頭，分在兩側的圓圓的眼睛，或者偶爾露出如蹄足的手，或者偶爾放洩出使人難忍的屁氣。

馬而努力裝扮成人，即使難堪，也許不應該有太多苛責罷？伊卡，在你沉睡於島嶼東部海邊的岩石上時，我如此反省了我的憤怒，我的苛刻不悅，我的不能抑止的戲謔與調侃的本性。

因此，伊卡，我是不是應該寬容地看待每匹努力裝扮成人的馬呢？我是不是應該學會在那裝扮美麗的雌馬放洩著屁氣時，有著更多對馬成為人的過渡時期艱難的敬意呢？

我不知道，伊卡，我還是羨慕你在島嶼東部晴朗的天空下枕著一塊岩石入睡。

伊卡，即使在島嶼亡國之前，我們都不會忘記你美麗的夢想。那些島嶼最後的一批居民，陸續在你的夢中一一變成了彩色繽紛的馬，牠們搖動著如熱帶魚尾鰭的鬃毛，牠們如鳥展翅，牠們曾經如何熱愛自由無拘束的生活，奔跑於島嶼的丘陵、河流四周與浪潮沙灘的海域。

牠們在一片翻飛的芒草花中靜靜奔跑著，伊卡，牠一定會跑到你沉睡的身邊，靜靜地看著你的夢境，等待你熱淚中的歡呼和擁抱。

# 二〇一五年五月九日，獨白

M從德國帶回一匹玩具馬送給我。

我決定畫下這匹馬，因此看了很久。

馬是小馬，有韁繩，有馬鞍。牠的四蹄下踩著彎弓一樣可以搖擺的像翹翹板的裝置。所以，牠是真正的「玩具馬」。是許多人童年時騎在上面搖啊搖的玩具馬。

這樣的玩具馬當然不會奔跑，只能在原地搖晃。但是，所有的孩子都曾經這樣搖晃著進入飛翔奔馳的夢境啊。

島嶼還能留最後一點做夢的機會給孩子嗎？

許多城市也還有旋轉木馬，在彩色的帳棚下，圍繞一根巴洛克式的圓柱，幾匹木馬，裝配了馬鞍、韁繩，讓孩子騎在上面，在華麗的樂音中一直旋轉。孩子歡笑著，他們真的感覺到馬背上的顛仆，感覺到奔馳的速度，感覺到馬匹飛馳起來時兩耳旁呼呼的風。

島嶼還有待最後做夢的空間嗎？

亞斯伯格症的城市領袖指責財團的骯髒，整個島嶼上的居民都在為他鼓掌。然而會不會他也忽然病好了，也像歷來島嶼上的政客一樣，準備和財團闢密室會談。城市流傳著新的故事，城市領袖聘任的所謂整肅貪汙的「廉政」機構，其實是財團鬥爭的工具，新財團鬥倒舊財團，必然要在城市領袖身邊安置新的打手。

伊卡沉睡著，夢到他童年彩色繽紛的馬。他不想醒來，島嶼的「廉政委員」新近決定提議，要燒毀所有城市的旋轉木馬，因為那些滿足童年幻想的「馬」，正是使城市不能進步的阻礙，「夢想是貪瀆的淵藪」，他們提出這樣邏輯的口號，讓支持「夢想」的人一時都人人自危起來。

「廉政」、「廉政」多少罪惡假汝之名！

任容／攝影

命相的領域不能依靠世俗現實的邏輯，
邏輯的理則推論越強，
越遠離測知命相的本質。

# 宿命

我們用各種方式去探測未來，也許，在未來越混沌曖昧不明的時刻，我們越盼望著依靠一點點神秘的暗示，用來探測未來可能的線索。

我們手掌上就有一些似乎可以閱讀的線條；人類從久遠的古代開始，就在這些線條中閱讀著未來的命運的種種，關於愛情、事業，關於吉或凶的一切可能。

手紋的閱讀是極其困難的，據說，最好的命相家都無法準確的解讀自己的手紋。

古代許多為帝王閱讀命運的命相者多半是盲人。他們其實在視覺上是不可能閱讀人的面相或手紋的。「命相的領域，一切的閱讀都只是個誤導；因為……。」那位命相家在臨終時這樣交代將要承其衣缽的弟子說：「命相的終極並無暗示的線索，也沒有解讀的可能；命相的領域不能依靠世俗現實的邏輯，邏輯的理則推論越強，越遠離測知命相的本質。」

據說，這名命相絕學宗師，便在臨終前，親手刺瞎了將承其衣缽的弟子的雙眼。弟子恭敬承受命運，在鮮血迸濺前默默流下最後兩行清淚。他從此再也不會流淚了，現世的種種景象在他的視覺中全部熄滅，是的，熄滅，就像照明的燈火熄滅，一切物象也隨之隱沒入無底洞的黑暗。

但是，他因此開始看到了未來，看到了命運的終極，看到變成嬰兒流轉於另一個人身體之中的師父，手中握著一柄尖銳的錐子，嚎啕啼哭，彷彿他已一一錐刺了自己的前生。

我們偶然感覺到的身體上無緣由的痛罷，我們偶然感覺到心中一陣不寒而慄的悸動，我們偶然盈滿淚水的眼睛；不可解、不可知的種種，因為這些，我們在一個小小的島嶼相遇，相愛或彼此憎恨，那雙被椎刺後如黑洞般闃黑幽靜的眼睛，都一一探測到了，他也只偶爾說一兩句不相干的話，對一般人而言，是完全不可解的。

眼神犀利的人其實反而是看不到任何未來的。

島嶼一向熱衷於探知未來，個人的命運和國家的吉凶。在一個新的年度將要來臨之前，人們更蜂擁至廟宇或各個命相的所在，祈求神的祝福與暗示，依憑這渺茫幽微的暗示，做下一個年度生命的預算。

但是他並沒有走向廟宇。他似乎知道廟宇已少了神的駐足。
他坐在電腦桌前，凝視著螢光幕的變化。
他嘗試設計了一種軟體，把人誕生的年、月、日、時間和地點，五種因素輸入，然後他就靜坐著，等候顯示板上慢慢找到那一個確定的時空。
我們在完全空白的領域裡找到了一個小點。這個點，既不佔有時間，也不佔有空間。但是，那個點，就是我們誕生時存在的最初的時間與空間。
「命相裡最難的，其實就是這個點的尋找。」他這樣喃喃的自語著，他的明澈慧智的眼睛定定地凝視著顯示板。
然後，一剎那間，圍繞著那小小的一顆紅點，四周出現了密密麻麻的藍色的小點，大大小小如星辰般密聚向那孤獨的紅點。
他閱讀著那些小點排列的形狀位置，「冥王星——」他以極科學的方式找到天空星聚的各種可能，也試圖找到那些密聚的星和一個孤獨的紅點之間：神秘的關聯。
他所嚮往與深愛的一些小點移向星盤的某些角落，「魔羯，射手，水瓶，天秤——」他的眼睛忽然明亮了起來，他知道星辰的聚散竟是因為它們內在的一種宿世的深情，「所謂宿命罷——」他這樣喟嘆著：「所謂命相的終極，不過是宿世以來深情的牽連不斷而已。」他又看到一群藍色星群的小點移向那一點點孤獨的紅色。

## 二〇一五年五月九日，獨白

所以，我應該更緊的擁抱你嗎？只是因為無垠空間裡那些星辰間宿命的記憶。

沒有比緊緊的擁抱更使人陷入徹底寂寞的，我孤獨的時刻，徹底孤獨的時刻，才有了絕對的自由。

如同今夜天空的星群，如此密密聚集在一起。

但是你知道他們彼此間的距離有多麼遙遠嗎？

人類從來未曾真正測知過宇宙的遼闊，到底有多麼廣闊？

莊子好像發過類似的詢問，然而他的詢問被後來頭腦迂腐的註解者用尺寸限制住了，失去了無邊無際的想像。

不能大膽走進混沌與荒謬，無法測知宇宙真相，也無法知道時間與空間真實的狀態。

人類依靠理知去測量宇宙，卻誤入歧途，越走越遠，也越和真理偏差，失之毫釐，謬之千里。

宇宙的密碼其實隱藏在莊子的「逍遙遊」裡，孤獨而又自由，你剛覺得他是魚，他已經是飛在九天之上的大鵬鳥了。「呵！呵！」仰望星空，就聽到孤獨者一聲一聲像嘆息一般蒼涼的笑聲。

# 鼠

鞭炮聲不絕於耳。島嶼上還是相信有一種驚天動地的聲音，可以炸除邪祟，可以祈福。

島嶼其實繼承了北方流傳久遠的許多習俗。包括他們把每一年的符號用一種動物來象徵，總共十二種，每十二年輪換一次。

這一年應該是以鼠來做象徵的一年吧！

鼠將要大量出沒於城市的街道。在尖峰交通壅塞的時間，牠們結隊穿梭於停滯不前的車隊之中，牠們靈巧輕便的身體，引起在塞車中急躁不堪的市民側目以視；然而牠們頗為優雅，牠們向每一位失去教養的城市居民頻頻點頭致意，陸續走向一些島嶼領袖競選的總部，準備佔據每一具麥克風，向市民發言。

城市居民依據以往的習慣，看到鼠輩穿梭橫行，第一個反應就是脫下腳上的木屐，一股腦兒砸下去。有時砸的鼠仔腸肚迸裂，有時鼠仔吱吱叫著逃跑。這樣的方法逐漸不被採用了，一方面因為經濟好轉之後，島嶼居民的鞋都比較講究，用價值昂貴的鞋去砸一隻骯髒的老鼠，將讓鞋上沾滿鼠屍的血跡，這是城市化後的島嶼居民不再願意做的事。

另一個原因是一般人不完全了解的。不知道為什麼，在進入九〇年代之後，島嶼上橫行的鼠，有了完全不同的智慧。牠們不但文質彬彬，懂得向人們含笑致意，也幾乎有了與人們完全相仿的姿態與表情，常常穿著休閒服，和民眾們握手寒暄，或者在適當的節日去廟宇中朝山進香，祈求國泰民安。

鼠輩們的參與國事，使人們不再對鼠輩有脫下木屐來砸的衝動。

「鼠，或許將在最近的幾年中演化為人了吧！」島嶼居民穿著皮質精良的皮鞋，走在紅磚鋪設的人行道，看到一列扶老攜幼走去卡拉OK唱歌的鼠群，頗感安慰地這樣反省自己過往對鼠的暴力。

鼠並且開始寫作了，發展出了鼠的文學，還得到一些重要的文學大獎。

鼠並且開始學習戲劇了，和一些職業的劇團合作，細聲細氣唱起了人們未曾聽過的一些鼠音的腔調。

人們沒有想到，鼠在舞台上的裝扮是頗為娟秀的。牠們在額頭的部位貼了一些珠鑽閃亮的翠玉裝飾，牠們在兩腮塗染了紅紅的胭脂；過胖的雌鼠也懂得用「貼片子」的方法稍稍遮掩住牠們肥凸的鼠頰，於是牠們輕移蓮步，用前肢模仿著一些如蘭花般的手指動作，嫵媚的輕搖著臀部。

鼠的這一年，將是島嶼上可以承續著富庶與太平的一年吧！

人們對於鼠的逐漸在城市各個角落取得重要的位置有一種莫名的興奮，也有一種莫名的恐懼。

但是島嶼的居民總是以比較寬容而且樂觀的心情看待一切變化的。

「何嘗有一個國家有這樣多的鼠的政要呢？」人們這樣想，也頗為自豪地感覺到島嶼獨特政治型態的驕傲。

鼠又逐漸成為了財富的象徵。許多島嶼居民甚至看到鼠在家中經過，便立刻合掌敬禮，表示財神的來臨，心中歡喜極了。

逐漸取得政權的鼠，又逐步佔有壟斷了島嶼的財富，也開始暴露出鼠的貪婪、陰黠，搜刮一切和貯藏一切的慾望本質。

但是，人們還是很開心地為了鼠的來臨歡天喜地慶祝著。他們放了一夜又一夜的鞭炮，他們試圖用祖先傳下來的方法炸除掉一切骯髒、汙穢、邪惡，他們期待在政權和財富中的鼠有自我節制的能力，「如果沒有呢？」孩子們天真地問，母親便說：「那只好一夜一夜的放鞭炮吧！」這時，父親卻爬到床下去翻找祖父穿過的木屐了。

## 二〇一五年五月九日，獨白

童年的生活記憶是和鼠這一類動物分別不開的。常常在屋子的一角發現飛竄而過的鼠，有時是一隻，有時竟然是一排。夜晚睡覺時，也常常被天花板上老鼠出沒的聲響驚醒。

在那個冰箱使用還不普遍的年代，食物常常蓋在紗罩裡，食物的氣味一定很容易招引鼠類在夜裡尋味兒來吧。

家家戶戶也都有醃漬的食物，風乾臘味，都用鉤子懸吊在屋樑上，肉類的氣味當然對鼠類是莫大的誘惑。

有時奇怪的是，即使沒有食物，鼠類也照常出現。簡直像定時上班打卡一樣，在餐桌上留下細細的足印，地上散落一些花生殼，或半截咬過有齒痕的肥皂，都使人知道你熟睡時，牠們還是來過了。

偶爾失眠，在不該醒來的凌晨醒來，一開燈，就看見一隻鼠，瞪著圓圓眼睛，彷彿十分怨怒，「你怎麼在不該出現的時候出現——」牠臉上驚訝詢問的表情，一時也讓屋子裡的人懷疑起自己究竟是不是主人？

或許，人與鼠，只是在不同時間擁有這間屋子的主人吧。

童年最奇異的經驗是忽然在長久未用的倉庫角落，發現了一窩剛出生不久的新鼠。粉紅的肉色身體，蠕動著，眼睛還沒有張開，牠們如此幼小細嫩，使人不忍。發現的人自覺殘酷，便平平放在路邊，像基督聖經裡比拉多洗手後說；這義人的死與我無關。

兒童們經過或拎起尾巴玩耍，聽幼鼠吱吱的叫聲取樂，或放在馬路上讓車輪輾過，或澆煤油點火燃燒，不一而足，都讓人回想起童年鮮明又慘厲的記憶。

我的市區在河邊，鼠類蔓延非常嚴重，牠們有時無食物可吃，便以啃嚼瓦斯管充飢，瓦斯管因而漏氣，引發主人睡夢中中毒，或忽然爆炸，一聲巨響，鼠類是可以如此成為謀殺的罪犯的。

梁鴻業／攝影

種種，前世和來生的諸多困擾，
在此刻，藉著一種割斷的力量，交錯重逢了。

# 蓮花

人們相信一種肉體上的儀式可以轉化精神。如同古老的宗教修行都從剃去頭髮開始。頭髮應該是人的肉體上最可以割捨的部分罷。

他感覺到銳利堅硬的刀鋒一一斷去了髮根，從前額移向兩鬢，他感覺到髮根斷去時那種拉扯的力量，好像很多的眷戀、很多的依賴、很多的牽掛、很多割捨不去的千絲萬縷的糾纏，在冰冷堅硬的鋼鐵刀刃的鋒利下，一一斷去了。

他也可以感覺到那些割斷的頭髮，好像失去了重量，輕輕落下，好像黑暗的冬夜靜靜飄落的雪片，落在他的前胸、兩肩，落在他盤坐的膝上，落在他交握的手中。

「這是最輕微的肉體的離去罷。」他靜坐冥想。

眼前有許多幻影，那些如星辰般美麗的燭光，一寸一寸燃燒著，它們也是在捨棄一部分的身體中冥想光亮的意義嗎？

然而雪這樣無邊無際的落著，在闃暗的冬季夜晚，有誦念的聲音，有輕微到不容易察覺的呼吸和人的體溫，有割捨和告別時的叮嚀和嚶嚶的哭聲。

當果實在冥想做為花的時刻，那種種的微風搖盪和日光移轉的午後，有千萬種華麗燦爛，如同蛹眠中的蟬，忽然想起了一個夏季的悠長的叫聲。

種種，前世和來生的諸多困擾，在此刻，藉著一種割斷的力量，交錯重逢了。

因此他想這斷去髮根的儀式，終究也只是一種幻相，以為藉此便了結了前生和來世的種種因緣吧。

其實有很多重重撲倒在寺廟大殿中的身體，斷去了筋骨，斷去了手足，糜爛了眼耳鼻舌，糜爛了軀體和臟腑，如同那古老經文中所說的各種捨離肉體的方法，如同在火中煎熬的油膏，如同肉體混雜著汙穢糞土，不再企冀美與潔淨，只任憑肉體如土中的腐葉，不再有形狀的堅持。

在冥想中他覺得髮根的斷裂，彷彿大地震動，那只是軀體瓦解的開始嗎？

軀體的慾望與軀體的瓦解，他的冥想回到許多肉體慾望的記憶；那些熱烈潮濕的唇的吮吸，那些溫熱的搖盪起來的乳房，那些交媾著不克自制的肉體，劇烈的心跳和喘息，那些糾纏著無以自拔的肉體與肉體的宿命，如何割斷、捨離，如何捐棄，像這些紛紛墜落的頭髮。

削去了髮絲的頭皮，有一種青色的光，彷彿出生的嬰兒，很稚嫩，也很羞赧。但是，他微笑著，覺得這樣簡單的儀式，卻可以是種種懺悔、種種捨棄、種種煩惱與痛苦的解脫。他知道這是幻相，但是，幻相也罷，認識慾望是一種幻相，有一種領悟的喜悅，認識悔罪捨棄，也不過是一種幻相，或許，最終連領悟也只是幻相喜悅何嘗不是幻相，剩下的，只有對自己悲憫無奈罷。

所以，微笑是因為對自己有了悲憫；知道不僅慾念種種是幻相，連這靜坐冥想，連這樣的斷髮悔罪也都是幻相而已。

河流上亮起了一些火光。

好像是燒剩的屍骨在黑夜中燃起的磷火，一種帶青色的光，幽幽地飄浮著，隨河面上的風流轉。

從島嶼的富有繁華出走，他記憶著某一個夏日，那河流上盛放的蓮花，非常輕盈，也是這樣，隨著河面上的風流轉搖擺。

他想從蓮花上渡河到彼岸去，從一朵一朵盛放的蓮花上輕輕踏過，流水如歌聲，蓮花便如嬰兒的笑靨，而一切沉重的煩惱都消逝了，他只是一直走向彼岸，走向彼岸，消逝在無邊無際的蓮花之中。

## 二〇一五年五月九日，獨白

有一棵好大好大的樹，從根部就開始分岔，枝枒橫生，沒有阻擋，多年之後，就張開在日光下，完全像一張美麗的華蓋，像一張可以遮蔽烈日的巨大的傘。

許多人在城市都會住久了，誤以為樹木都是行道樹。樹木如果不受擠壓斬伐，是可以從根部就橫向生長的。像熱帶的雨豆樹，或鳳凰木，只要有足夠空間都能完全張開，自在的向四面八方伸展他們的枝葉，肆無忌憚，用這樣的姿態，接受完全的陽光、完全的雨水，完全的自由。

所以或許都會的樹木太受委屈了。然而，都會的人何嘗不是在委屈中活著？

# 乞討者

第一次看到她，想到「佝僂」兩個字。「佝僂」在字義上大約是指肢體的扭曲變形罷。但是在日常用語中卻是冷僻而且有些意象不明。

她的雙腿萎縮得像一枝彎曲的藤蔓，當然沒有辦法用來支撐身體。她行走時，因為腿無法支撐，其實是利用雙手的臂力，兩隻手臂因此鍛鍊得非常粗壯。因為長期用手行走，手的行走速度也非常快。每當看到有路過的行人，她就把雙腿掛搭在肩膀上，用兩隻粗壯的手臂支撐起身體，迅速地移動過去，阻擋住行人的去路，乞求財貨的施捨。

她在這一帶行乞已經很久。夏天時她平常棲止在樹蔭下，蜷伏著休息。她的聽覺似乎特別敏銳，一旦有行人遠遠走來，她即刻警寤，像一隻備戰的動物，快速地移動到行人面前，很少有任何遺漏。

行人看到她以手替腳，快速走來，大都有一種不忍，多不假思索，很快掏出一些錢給她。

但是，她並不改變行乞的區域。這一條路上通過的行人，除了偶然外地的來客之外，大部分還是附近的居民，日復一日，他們對這樣一種肢體佝僂的乞者的不忍也逐漸減低了。

一個比較寒冷的早春，她圍裹著髒舊的花布，襤褸地如狗般伏在路邊，一點點氣力微弱的陽光照在她身上，她似乎在努力嘗試拉扯花布，把身體各部位都圍裹好，也許為了禦寒，也許只是一種習慣的儀容的整理罷。

那個穿灰風衣的男子低頭走來，聲音靜悄，連一向感覺敏銳的她也幾乎錯過了。她急速地把雙腿掛上肩膀，奮力如螃蟹般立起，快速在地上挪移著，以最直線的路徑試圖阻擋那穿灰風衣男子的去路。

男子似乎沒有覺察到她，或者是視而不見，他行走的像一個完全沒有重量的落葉。那行乞的女子幾乎到了腳邊，卻被他仍然一無意識地擦身而過了。

行乞的女子似乎從來沒有這樣被羞辱過。她漲紅了臉頰，更為奮力的在鋪滿了碎礫石子的路上用手奔走起來，石礫被她的手掌手肘擊打飛濺起沙塵，她的手肘各處也擦傷磨破出血。

因為急速的追逐，她的喉口發出「呵！呵！」如憤怒或負傷動物體腔內的喘息的聲音。

男子終於似乎發現她了。他回過頭，看到蓬鬆雜著草屑的頭髮中一張卑微可憐的皺縮著五官的臉，半張的口中仍「呵！呵！」喘著大氣，然而已向前伸出那被磨得都是血跡傷痕的乞討者的手。

「她要測試我不忍的底線嗎？」

那穿灰風衣的男子低頭惘然地凝望著乞者。

「我們對肢體上的痛楚這樣不忍，我們對心靈上的痛卻可能一無所知啊！」

男子自然是在許多人認為自私而且殘忍的狀態下靜觀乞討者的種種，包括她花布遮蔽不住的手肘，手肘上給石礫戳擦的血跡。

「大部分心靈上的痛，因為某種自負與驕矜，不能如妳一般安分做一個乞討者，不能忍受難堪與羞辱，所以便更加倍了痛的負擔罷。」

這灰衣的男子是在島嶼早春季節虛無自絕的生命之一。在良知的媒體披露女子乞討街頭的圖文報導下面，有一則小小的死亡的訃告，便是他毫不起眼的離去的消息。

## 二〇一五年五月九日，獨白

那是我自己要離去的訃告嗎？因為對島嶼無可奈何的愛，因為肉身的記憶，因為夏日最後的蟬聲，因為流水湯湯，我總是看著流逝的光影，不知如何是好。

黎明時分，在大樹下靜坐，誦經。大約初日一線一線陽光照透林木葉隙，鳥類開始甦醒了。

一聲一聲鳥鳴，像迎接曙光的歡唱。坐在樹下，曾經動過一念，「痛苦的生命都不再痛苦——」然而這或許是巨大的貪念吧。「悲憫」若是貪念，不是也極其荒謬嗎？剛剛讀過的經文說：昔我為歌利王割截身體，我於爾時，無我相，無人相，無眾生相，無壽者相——是這樣清楚的意思嗎？對自己也無悲憫，對眾生也無悲憫。「實無一眾生得滅度者——」

我從靜坐中起來，走到河邊，回頭看樹下剛才靜坐的一張床榻，似曾相識，彷彿留在人世間自己肉身的一次印記。

然而我知道那是要告別的訃告。

所以身體節節肢解時，無一點憎恨，因為，我和憎恨者說：「你知道嗎？人者，我比你更憎恨自己。」

梁鴻業／攝影

伊卡，我在如親人離去般的哀傷中，
和你轉述島嶼初春的陽光和他
恆常不變的安靜的微笑。

# 微笑

伊卡，如何向你轉述島嶼經過一個陰霾潮濕的冬季之後那四處綻亮的和煦而且美麗的陽光。你總是那個最早注意到花的開放的喜悅者之一，你說：「深山裡的早春的花應該開得更好了。」這好像是一種約定，又好像不完全是一種約定。

如同我們去年秋季一同看過的島嶼北端初生芒花的芒草。你還是異常喜悅的宣告著：「一整個北端山脈的稜線都覆滿了如雪一般潔白的芒草花。」

其實是在許多繁重勞累的連續工作之後，偶爾趁一個假日的清晨，便和妻子兒女走向那一片芒花的山丘。

有多少溪澗的記憶，溪澗中嶙峋的石塊，石塊邊游動著長水草，水草間棲息靜止的魚。

你慢慢調整了鏡頭，魚就在視線很近的地方了，有些透明的身體，可以看到細密的鱗紋下脊骨整齊的排列，輕輕搖動的尾鰭，靜靜張合的彷彿呼吸著的兩鰓。

一隻很安靜的左手，穩定地托住照相機的機身，右手的食指「喀」地按下快門。島嶼上許多孩子成長中看到的魚，看到的水草，看到的石塊，看到的溪澗便是這一個永遠的記憶。

於是他微笑了。

他看到魚和水草的游動，看到水波盪漾中流淌著島嶼浩渺的天空中一絲絲飄浮的白雲。

伊卡，我在如親人離去般的哀傷中，和你轉述島嶼初春的陽光和他恆常不變的安靜的微笑。

從埔鎮回來，敘述著族中老祖母用老方法醃製的梅子，要特別加放紫蘇的葉子，你的微笑是要說那久遠的人的生活多麼值得讚嘆歡喜嗎？

還有服兵役時那經常被視為勤苦差事的海防，你也是以靜靜的微笑告訴我島嶼某處綿亙平坦的海岸沙丘，告訴我關於海河交會的位置那些招潮蟹的出沒，以及潮汐漲退，海水與河水形成的環流種種。

在島嶼上，有人記憶著煩惱、仇恨、痛苦的時候，你的恆常的微笑便彷彿這初春的日光，使我一再的記起：花的開放，魚的游動，雲影的來去，而河流總是一次又一次和海洋的潮汐履行從不爽約的約定和許諾。

有時候會交錯一些有關你微笑中的面容，譬如在資料堆積如山的工作檯上勞累到深夜，那偶然閉目調息的片刻，用手指輕輕按壓著眼角。譬如在繁雜的事務中聽到人的爭辯糾紛，那種特別溫和而且堅持的笑容，特別安定而且堅持的平靜的聲音，使爭辯激烈的雙方都能緩和下來的安靜而永不放棄的笑容。

也可以是在解說一個複雜的科學知識時，那種不憚其煩的細節的周到，聆聽者終於理解了一個細密不可思議的知識領域的迷人，聆聽者和講述者便都有了一種微笑，感覺到生命用這樣的方式使自己進步的喜悅，覺得可以和宇宙深奧的神秘、無邊無際的寬闊有了對話。

我們曾經一起走過故鄉一些老旅遊者走過的路，兩百多年前，他們渡海在島嶼的南端下岸，沿著海岸線北上，經過一些寬闊佈滿卵石的河灘，河灘在枯水期，卵石間生長著頑強而且可以隨時改變命運條件的植物。

「在颱風暴雨來臨時，這裡就是一條洶洶的大河。」你站在卵石間，指著寬闊的河床，嘗試在地圖上註明那些老旅遊者行進的路線和渡河的方法。

伊卡，我在盛放著花的初春的島嶼，看到河流蜿蜒，水田間新插好的翠綠的秧苗非常齊整，而那離我遠去的彷彿親人的面容，就在我的淚水中堅持著恆久而安靜的微笑。

是的，彷彿整個島嶼都在微笑，笑成一季一季的陽光、花朵，笑成長河大海，笑成天上無邊無際的星辰。

## 二〇一五年五月九日，獨白

這是懷念一位早逝的朋友的文字。

他逝去時我哭得很哀傷。後來發現是因為自己少掉了可以在煩躁仇恨時平靜看著我微笑的朋友。

善念引發善念，所以，島嶼的仇恨如此多，是因為我們自己都不克自制了嗎？

沒有足夠自信，沒有安定的微笑，沉默的包容，彼此便習慣用最惡毒的語言和表情相互攻擊。被攻擊時如此憤怒，恐慌，激動，但是我們沒有攻擊過他人嗎？曾經想過那被攻擊的人在那時的痛苦與憤怒嗎？

他逝去了，但微笑的表情一直在。

仍然提醒著許多接觸過他的人，知道如今瀕於仇恨瘋狂的島嶼曾經有過的最好的人性品質。

# 戰爭

島嶼在許多霸權的爭奪中，常常有似乎是獨立自主的夢想。

在島嶼西邊近海的領域，由於戰爭的驚恐，大部分的漁民船隻都停止了作業。平靜的海域透露著潛藏著的不安。

除了小部分為了商業利益前來的媒體記者和為了政治野心前來的政客，依然用著空洞的口號叫囂，表示無懼於一切威脅之外，大部分的島嶼居民其實有點茫然，他們並不確實知道戰爭的實際狀況。

「戰爭」好像一直只是一種辭彙。他們也確實在電視新聞的畫面上看到世界不同地區戰爭的報導；那些被砲彈轟炸成瓦礫的城市，街道上忙碌著在掩蔽下抬走受傷的人和死者的屍體。比較特寫的畫面則可以看到血流遍地中殘斷的肢體，以及那些撫屍痛哭的親人。

但是，這些還是太遙遠了。

長期以來，島嶼居民習慣了比這些更殘暴血腥百倍的畫面，來自新聞、來自影片、來自漫畫，他們甚至覺得那些畫面只是一種供人娛樂的刺激，並不是真實的。

當戰爭被描述得那麼真實而且逼近的時候，他們覺得有些荒謬，變得無法斷真實或虛假。甚至像看暴力血腥的影片一樣，他們之中竟也有對這戰爭能夠更刺激暴烈的期待的罷！

因此，悲憫是沒有用的。悲憫甚至也只遭受著嘲笑。

島嶼幻想著一種真正的獨立與自主。

他們為了對抗近海西邊戰爭的威脅，便極力依靠著東岸遠處另一個霸權國的介入。

在現今地球表面上最大的一個霸權，以快速的動作，調動巨大的航海艦隊，駛入島嶼的四周。

許多集合現代最精密科技製造的武器，秘密地在兩個霸權的爭奪領域中陸續準備就緒。

人民其實是一無所知的。霸權的鬥爭與勢力分配，遠遠超過了他們簡單的頭腦所能想像的程度。

伊卡，島嶼上其實有過非常單純的領袖選拔的傳統。在古老的聚落，比賽著如野鹿一般的奔跑，比賽著如野牛或熊與山豬的搏殺，比賽著在長條的粗藤上快速的攀爬，比賽著向雄峻大山一遍又一遍嘹遠美麗的歌聲……。

伊卡，人類為何改換了選拔領袖的方法？要使人與人如此仇恨，惡意曲解和造謠、謾罵、詛咒夾著陰謀和暴力。

在領袖的選拔中被分化的島嶼居民，將世代彼此仇恨與對立著嗎？將以陰謀與暴力終其一生不能有平和心境的追求了嗎？

伊卡，古老的部族傳統，在部族與部族的爭執中，部族的領袖，在人民的圍觀下，空手赤膊，以角力折服對方，敗者心服，勝者則受人民擁戴。

我們渴望一種單純的道德已備受恥笑了。但是，伊卡，我多麼幻想著，島嶼的戰爭將童話式地演變為兩個霸權領袖的空手搏鬥，我們願意圍觀鼓掌，我們願意讚美歌頌明明白白為權力爭奪的領袖，而不是假借著各種名目與口號的陰謀恐怖的鬥爭。

人民並沒有自主，民主也似乎只是假象，獨立畢竟仍然只是遙遠的夢想罷！島嶼在霸權的鬥爭中，可能被出賣為最悲慘的焚屍的戰場。

伊卡，我懷念你。我懷念這島嶼在海洋環抱中如沉睡於母親懷中的嬰兒。我懷念大山原野上盛放的百合花，我懷念你奔跑於百合花間悠揚的歌聲。

伊卡，我們的歌聲或許可以戰勝隆隆的砲聲，我們的歌聲或許可以使人知道一種真正生活著的幸福的盼望罷！

## 二〇一五年五月九日，獨白

島嶼自從第二次世界戰爭之後，每年花費多少國民所得，購買M國的武器，好像並沒有太多人關心。當新的「軍事報告書」公布之後，島嶼被更強烈恫嚇，表示若不接受更多武器的輸入，友邦國家將不負責島嶼的安全。

是的，島嶼一直在各種恫嚇中生存著，來自不同方向的恫嚇。島嶼又將在二〇一六年選舉新的總統。新的總統候選人也諄諄告誡，必須「維持現狀」。但每個選民對「維持現狀」都有不同的解讀。在選民紛爭廝殺的同時，候選人多飛去M國，向公布「軍事報告書」的中央機構表達對「維持現狀」的真實內容。為何要飛去M國向國防首長報告島嶼未來新總統的意見？島嶼居民其實始終是聽不到這些私密的交頭接耳的內容的。他們的紛爭和廝殺也因此只讓新總統和M國的領袖恥笑，不值一顧而已。

梁鴻業／攝影

據說，古早的一個帝王，
渴望著春天的來臨，
便在死後化成了一隻鳥……

# 杜鵑

可以比較安心了，不管是靜看讚美或是靜看辱罵。

河邊水鳥行走的姿態，啄食的姿態，每一步一次停棲顧盼的姿態，都使我專注，彷彿天荒地老，牠一直是這樣一步一停棲、一步一顧盼。

島嶼變的匆忙、急躁，迫切於答案的心，使島嶼的居民非常不快樂。

因為迫切地要求答案，我們很難安靜地細看過程，也很難有機會專注地觀察現象。

迫切於答案的心，也使島嶼充滿爭辯、對立、攻訐、辱罵。

我們太執愛自己的答案了罷！

人的幸福竟是在答案中嗎？

我們彼此尋找到的答案竟會如此不同嗎？

我想起那個有趣的古老寓言：一群瞎子用手摸著一隻大象，瞎子甲摸到了象的鼻子，他的答案是：象是一條管子；瞎子乙摸到了象的肚腹，他的答案是：象是一堵牆；瞎子丙摸到了象的尾巴，他就宣告：象是一條繩子……

這似乎是一個悲哀的故事，因為我們如果都是瞎子，我們也只是摸出了島嶼的或一部分的真相，便依此「真相」，開始了我們彼此的攻擊和辱罵，瞎子甲責備瞎子乙的錯誤，瞎子乙攻擊瞎子丙的誤導，瞎子丙呼天搶地，叫喊著自己的答案遭受到了侮辱曲解。

如果我們都是瞎子呢？

我們終其一生，只是在一個巨大的不可知的「現象」前做「瞎子摸象」的工作罷。伊卡，我不希望這是一個悲哀的故事。

我只是想如何了解自己是一名「瞎子」這件事實，因此，我可以安心耐心地摸下去，我也期待其他的「瞎子」把他們摸到的部分告訴我，我們或許有機會從「瞎子甲」、「瞎子乙」、「瞎子丙」摸到的「管子」、「牆」、「繩子」中，慢慢組合出比較接近的真實的「象」。

瞎子摸象可以有比較樂觀的結局嗎？

也許很難，因為我們太急迫於知道答案了。

我們也很難承認自己可能是瞎子中的一名。如果認知了自己可以是一名瞎子，我們會比較有探索下去的謙虛罷。

伊卡，我渴望一種盲目，一種無邊無際的黑暗。使我從視覺的自信與驕傲中退到更謹慎謙遜的處境，可以更認真地用自己的手法探觸摸索事物的狀態、質感。

使我專注的心多過判斷的心，使我專注於過程的心多過渴求答案的心。我可以更專注於「微小」，而不那麼「好大」、「誇大」嗎？

花在一蓬一蓬開放了。

在島嶼明亮的春日陽光中，它們名字叫做：杜鵑。

據說，古早的一個帝王，渴望著春天的來臨，便在死後化成了一隻鳥，不斷啼叫著、啼叫著。叫到從肺腑吐出了鮮血，濺紅了剛剛綻放的花，一蓬一蓬的，人們就把那隻鳥和那種花都叫做杜鵑。

伊卡，神話使我著迷。但是，我所受的教育，我所依恃相信的科學告訴我：帝王和鳥和花是不可能彼此幻化的。

我還是在自己闃暗的黑中做一名瞎子罷。

你可以聽見我的「獨白」嗎？

我撫觸著落在身上的花瓣，那些細緻的轉折，那些如血般殷紅的斑點，那飽含著陽光和雨水的葉脈的滋潤，那一朵朵張開如無數渴望的花萼，那顫顫如飛的花蕊的纖細，那在風中靜靜飄散的一種芳香……。

伊卡，一整個季節都在宣告生命的美麗，那瞎子深幽闃闇的瞳眼中也只為此流下了清明的淚水。

## 二〇一五年五月十日，獨白

我想跟誰對話嗎？沒有！我只是渴望獨白。

在四面環海的寂寞中，我想一直獨白下去，像每一日每一夜潮汐的漲退。像每一日每一夜星辰的流轉，黎明和日落，誕生和死亡，獨白像一首歌，沒有歌詞，但是可以吟哦。你一定要出走，從恨或愛的糾纏出走，你才會知道真正「獨白」的意義。

梁鴻業／攝影

在島嶼一些大城市發展到彷彿如
神話中的富裕糜爛之國的同時，
大部分的市鎮仍沉湎在這春日的安靜之中。

# 春日小鎮

島嶼中部偏北的丘陵連綿起伏。苦楝樹在三、四月間開出紫色的小花，濛濛一片。在春日霧氣特別濃重的季節，一樹一樹的紫花在重重的霧的深淺濃淡中流動。

一條水田中迂旋安靜的小路。唯一的騎著自行車下課回家的小學生，背上揹著鮮亮的黃色書包。

我是在北返的公路上透過車窗看到這樣的景象，彷彿看到一種記憶，或是看到了心中的一種嚮往罷。

生活的勞累、艱難，或是不可言說的困頓，往往在一輛長途的公路車上變成一種畫面，大部分旅客歪倒在座椅上睡著了。比他們在睡眠的時刻還要深沉地睡著了，靜靜的鼾聲隨著車子微微的搖晃，好像回到了嬰兒時的沉睡，好像勞累、艱難，不可言說的困頓，只有在這旅途的站和站的中途，有了休息和棲止的片刻寧靜。

少部分的旅客如我，只是呆看著車窗外一直流逝的風景。那些使我歡悅的山河，那些在山林中瀰漫的春日的濃霧，那些在濃霧間閃爍爛漫如星辰般的亮麗的花朵，一樹一樹的流逝著。

霧氣也在車窗的玻璃上凝聚著，凝聚到重量無法在光滑的玻璃上附著，便向下滑落，流成一條一條明亮如淚的水痕。

我的心思也許已經隨那騎自行車的小學生遠逝在迂旋的田間的路上了。

不能想像，為什麼這些積水的稻田，水光反映著天上的雲層，秧苗的新綠就都在雲層間飄飛。還沒有長滿的浮萍，一區一區，或聚或散。小學生在浮萍間丟了一粒小石子，驚動了幾隻蝌蚪。小學生騎上自行車走了，水波盪漾，蝌蚪也還在鑽動。

靠河邊的沙岸，長滿了低矮的林投樹。小學生走進這密不透風的林木中，有一點緊張、有一點好奇。樹杪間掛著一些貓或狗的屍體，用白色的塑料袋裝著，沉甸甸的。一種肉體的形狀和重量，只是發著鬼惡的臭味。小學生一手摀著口鼻，仍然習慣地撿起一粒石子投擲在袋子上，發出「噗」的一聲。

在島嶼一些大城市發展到彷彿如神話中的富裕糜爛之國的同時，大部分的市鎮仍沉湎在這春日的安靜之中。

老人蹣跚地走在市鎮的大街上，一些懸掛著招牌，但是似乎沒有太多消費者的商店，門口臥著無事的狗。

老人記得從大街右轉，將是一條上坡的斜路，通到縱貫線的車站。他還記得車站的樣式，車站前約莫兩三個榻榻米大小的花圃，種著小品種的杜鵑，雜配著紫、白、紅三種顏色，在這個季節是開得特別茂盛的。

但是他找不到車站了。他在那記憶的陡坡上走了又走，繞了好幾圈。在記憶中最確定的位置察看地上的一切痕跡。車站不見了。他有些悵惘，懷疑起自己的記憶是否只是一個老人的幻覺。他在電視上常常看到這種老人失智病症的介紹，似乎給子孫們帶來很大的困擾。但是，他覺得自己異常清醒。連那些連開一個月的小品種杜鵑的顏色，他都記憶得非常清晰。「那麼，所謂的老人喪失記憶的病症，就是這樣的狀況罷！」他喃喃地告訴自己，也奇異著如此清醒得喪失記憶的種種可能。

伊卡，當你的摩托車經過時，你停了下來。車子引擎的轉速緩慢下來的聲音，使老人抬頭看你，你脫下了帽子，笑著和老人打招呼，你說：「爺爺，你在找車站啊！」

老人開始撫摸起那蹲坐在你腳前的狗。他忽然覺得這是在車站前一直徘徊的那隻狗，沒有食物，有著驚懼的眼神的狗，時刻躲閃著人的捕殺。但是，「如今長得這樣健壯自在了——」老人欣悅地稱讚著伊卡。

火車遠遠地逝去了。

## 二〇一五年五月十日，獨白

二十年後，我帶著這一冊書寫於二十年前的《島嶼獨白》來到東部的縱谷。很慢的火車，每一個小站都停。車上的乘客很少，搖搖晃晃，在睡夢間錯過了要下車的地方。但他們似乎都不驚慌，四面張望，在月台上看外面一片無邊的綠色稻田，過了初夏，綠色稻葉在風裡翻飛，像一波一波的浪，極其溫柔。「不多久，就會有青金色的稻穗了——」他這樣想，然後開始思考這一站和自己故鄉的站的距離，「是向北走吧？」他既是乘坐往南的火車，過了站，就應該是在坐回往北的車吧。

站務員站在花圃間澆花，等待這看來迷失了的旅客詢問下一班次的火車時間。然而這旅客眺望著稻田，又眺望稻田盡頭大山間漸漸要遙遙落下去的日頭。他彷彿沒有迷失，沒有迷失的驚慌，他只是偶然離開了應該下車的地方，像去遠足一樣隨意溜達。他看了一會兒落日，看晚雲的彩色在山頭變換。看到站務員還在澆花，他就走近看了一會兒花，「啊，這樣繁盛啊——」、「是垂茉莉——」、「每天黃昏澆水啊——」

他看到遠遠有車駛來，心想：下一次錯過應該下車的站，也會看到這麼好的垂茉莉嗎？

# 公雞

一直在都市中心的公雞，仍然紀念著牠的農村經驗，很盡責的「喔！喔！」地啼鳴著亮起來的早晨。

伊卡，我在這島嶼南方新興的工業港灣城市的一家旅社，被不知何處的公雞的啼鳴驚醒，有一點怔忡，拉開窗簾，窗外的確是洶洶的白日了。

童年有許多早晨是在公雞或鳥群的嘈雜中起床的。

是誰仍在這都市的商業繁榮的區域豢養了一隻公雞？

公雞仍記得古老洪荒以來牠啼鳴的職責嗎？

我拉起密不透風的窗簾，仍回到我的黑夜。白日與黑夜，對城市的族群已沒有了確切的意義。人類利用電力改換了宇宙恆常的秩序。城市的族群在空調、燈光的調控中擁有了自己新的秩序。

我回到我的黑夜。公雞的啼鳴只是都市中一種荒謬錯置的鄉愁罷。

在島嶼北端連日陰雨的季候裡，潮濕和春天特有的陰寒，使我覺得頭腦都壅塞了。那種驅之不去的濕冷，好像在每一個原來轉動靈活的關節滋生了厚厚的霉苔。身體的僵直硬化便是從這些細微空間的阻塞開始的罷。

伊卡，當我注意到你富於彈性的行走和奔跑的節奏，我知道，青春仍是永遠應該被熱愛與讚美的品德。

只有這種富於彈性的身體，每一個可以靈活自如轉動的關節，伊卡，只有寬坦如海洋的呼吸，如星辰般閃爍著永不疲倦的好奇與熱情的眸子，應該一個世代一個世代地流傳下去，被詩句禮讚、被歌聲傳頌罷。

城市的一個周日，許多居民的窗簾緊緊地密合著，陽光被拒絕了，他們沉睡在現代科技營造的黑夜之中。

只有那隻被認為精神有些錯亂的公雞仍不放棄地啼鳴著，在荒涼的城市好像一種淒厲的、憤怒的叫喊。

火車經過島嶼南方的時候，穿過東部大山間的縱谷。一些在島嶼的交通線不容易抵達的市鎮，在經濟繁榮影響不到的地區，細雨和陸續開放的櫻花，使小小的市鎮像一段被遺忘在某處的詩人的俳句。

如果我們不那麼在意火車的時刻，火車的起點與終點，火車的運輸的意義就只剩下了單純的移動。好像意識漂浮到記憶中的某一個場景，在那一處場景下車，站在記憶的月台上東看看西看看，和彷彿似曾相識的過客點頭微笑。伊卡，我們其實不是在每一個站都下車的。大部分的時候，我們倚靠在車窗邊的座位上，思索著到站下車的時間。

「終點站到了，先生。」

那名打掃車廂的服務員也許這樣禮貌地叫醒了我們，在我們有點茫然、不知所措的時候，很溫和但也更確定地重複了一次：

「終點站到了，先生。」

那是永遠將要下車的意思嗎？

伊卡，我們也許想過站不下車罷，我們也許中途就想下車了，我們也許渴望著更便捷的中途不靠站的直達車，我們也許期待著每一個車站略作盤桓，像我南來時無目的地在這些被遺忘的小鎮中走走。

因為島嶼過去繁盛的伐木工業，這裡形成過一個人口密集、經濟繁榮的市鎮。在伐木停止之後，大部分的工人都遷走了，只剩下一些老年的林業管理員。一個雜貨鋪的老閩娘，在孀居了三十多年之後，仍然留戀這年輕時嫁來的伐木小鎮，拒絕了在大城市中兒女同住的邀請，獨自經營著越來越沒有生意的雜貨店。在這春雨的季節，她想念起在港灣都市中做生意的兒子，以及新生不久的孫兒，就決定帶一隻自己養的公雞做一次訪親的旅行。她花了一點時間才把那隻粗壯有力的公雞綁好。

帶到大都會的公雞，每一個清晨仍然盡責啼叫，引發了公寓住戶不滿。「有這樣沒有道德的人嗎？在公寓大樓養雞？」住戶紛紛向管理員抱怨。

女兒因此和母親攤牌，要求母親當晚帶他的公雞回東部去。「那是給你補身體的啊——」母親縣縮著委屈的臉，公雞仍然趾高氣昂，努力要高聲啼叫，卻被握住了頸脖，無奈掙扎著。

# 二〇一五年五月十日，獨白

這是朋友告訴我的一個悲傷的故事，是一個東部縱谷的母親乘坐南迴線去高雄給女兒坐月子的故事。他帶了家鄉自己養的公雞，沒有打抗生素，沒有吃有毒飼料，非常自然長大的公雞。但是女兒女婿都抱怨，因為沒有人知道如何處理一隻如此有生命力的活生生的公雞。而且最糟糕的是，公雞一每天清晨五點多就開始沒命似地啼叫，吵得一整棟大樓的住戶都不能睡覺。

母親最後仍然帶著她的公雞回東部去了，在火車上許多孩子來跟公雞玩耍，母親原來悲傷的哭著，後來便決定下車時把公雞送給其中一個特別和公雞玩得好的孩子。

我的朋友或許因為知道我多愁善感，故意編出了這樣快樂的結局讓我開心吧。

# 寵物 II

患沮喪症的麻雀，棲息在排放油煙的通風孔，對自己的邋遢難堪表示出一種徹底的無可奈何。

「為什麼一定是我？」

當那個被指責收受賄賂的官員，無辜地向媒體記者表白他的一再遭人抹黑時，大家都注意到他那張扁而白的大臉。「好像用平底鍋正正地打了下，臉就有了一種餅似的扁闊。」看著官員佔據了電視螢幕許多空間的一張可怕的大臉，那個剛做完麵食的廚師無端想起了他的大餅。

他服務於一所城市近郊的大學食堂，在有限的成本下，他一再挖空心思地創造出有變化的菜餚，使一向倨傲無禮的大學生有時也忍不住向他讚美：

「菜真好吃！謝嘍！」

他是少數這個城市中對自己的工作感覺到快樂的人。

但是他煩惱著食堂附近流浪而來的狗和貓實在太多了。

「流浪狗是甚麼意思呢？」他看到學校貼出收養或捕殺流浪狗的各種建議的招貼。他對這樣的名稱，其實是有些不以為然的。

「這些都是被棄養的寵物啊！」他很想說出心裡的感覺。

那些寂寞或恐懼寂寞的大學生，流行購買寵物來豢養。新生入學，就有各種介紹寵物的資訊，透過招貼、信箱投遞，或電腦網路，交換各種新穎的情報。

在一個人數不多的校園，各種寵物逐漸超過了學生的數量。牠們和學生一同生活，吃、睡都不能分開。大部分的課程中，也開始有各種寵物陪伴著一起聽課。盤據在課桌下的貓、狗，站立在課桌邊緣的鸚鵡，歪著腦袋聆聽一些奇怪的聲音；纏繞在筆盒上的小青蛇，常常要忍受主人不克制的愛撫。

寵物身上寄生的跳蚤、蝨子，一些不可見的病毒都開始在校園中蔓延了。

校園中曾經有禁止攜帶寵物入學的張貼，但遭到學生們強烈的抗議。他們不能了解學校行政人員如此無情，罔顧生命尊嚴的荒謬舉措，他們也徹底發現了島嶼教育的失敗正在於對「寵愛」精神的無知與冷漠。學生們在抗爭中演出了荒謬劇。他們把校長、教務長、訓導長化裝成三種不同的寵物，校長的胸前便掛了「寵愛我」這樣的牌子，接受眾多學生的愛撫、親吻，使大夥譁笑著。

逐漸，校園中原來的寵物被棄養了。每一年寒暑假來臨的時候，就增加了一大批被棄養的寵物。有了蝨子的秋田狗，有了疥癬的貴賓狗，綁著骯髒的粉紅絲帶，在校園一角企圖勾引一頭已經閹割了的黃金獵犬。

「每到一批學生畢業，就留下更大一批『寵物』。」廚師無奈地搖搖頭，懷疑地想：「這還叫做『寵物』嗎？」

被棄養的寵物彼此交媾著，在食堂附近梭巡，尋找食物。懷孕的母狗、母貓，在學生活動中心、郵局、廁所、宿舍、教室的任何一些有些隱避的角落，產下一批一批未睜開眼睛四處亂爬、帶著血跡的小狗小貓。

廚師還是努力著把每一天食堂的菜餚做好，做出一些變化。寵物的被棄養，自生自滅，自行交配生產，好像慢慢習以為常了。當學校決定適應時代需要，新開設了「寵物學概論」時，選修的人數使校方必須在大禮堂中上課。那個在戀愛中新近被遺棄的女生，髮上綁著骯髒的一條粉紅色絲帶，沮喪地蹲在食堂排放油煙的通風孔，紅腫著眼睛翻閱「寵物學概論」的筆記。

被棄養的寵物，自行覓食、交配、生產，食堂附近就開始發現了眼睛尚未睜開、四處亂爬、帶著血跡的嬰兒了。

## 二〇一五年五月十一日，獨白

新近開設的人潮最多的飲食店叫做「寵物餐廳」。

人潮最多的時候多在周末假日。

城市豢養充物的居民都帶著寵物來這裡聚會。寵物是刻意被打扮過的，有的剪著時興的髮型，穿著特殊訂製的衣服鞋子，頸項上圍著香奈兒字樣的名牌絲巾，頭上戴著珠鑽的裝飾，腳踏真皮小靴，甚至身上還斜揹著名牌的皮包。

寵物的餐廳聚集著各式各樣寵物，主人彼此交談，交換寵物的習性，「真拿她沒辦法！撒嬌啊，鬧脾氣——」一個貴婦人這樣抱怨著，但很顯然抱怨中有許多喜悅，像談起那個既可恨又可愛的十三歲的女兒。

新興的寵物餐廳的行業使島嶼看似走下坡的經濟有一種復甦的跡象。一個胖胖的太太推著精緻的寵物手推車，像呵護剛出生的嬰兒，把遮陽的紗巾拉好。但是一進寵物餐廳她就發現她落伍了，因為幾個同桌的寵物主人都毫不客氣表示「妳的MIU MIU太胖了——」餐廳老闆也出示她剛創辦的一間「寵物健身房」，她解釋說，有固定的健身教練，保證MIU MIU在兩周內瘦身，可以有傲人（或傲狗）的身材。

胖太太不高興了，她不能接受這樣直白的語言霸凌，因此氣沖沖假借去洗手間就此帶著她的寵物溜走了。

在餐廳附近的公園，有人看到受傷的胖太太站在受傷的寵物後面，跺著腳，向寵物命令「運動，運動，妳需要運動——」胖胖圓圓的紅貴賓無辜地回頭，回看她的主人，不知道為何放著嬰兒車不讓她坐。

李文吉／攝影

那是一則夏季的神話。
島嶼上的居民發現了密林深處……

# 夏之輓歌

初夏使島嶼有一種肉體上的興奮。

在花開到爛漫肆無忌憚的季節，掉落在地面上的花瓣，混合著濕熱的雨水，被炎烈的日光蒸曬，發出一種熟透的香味，一種熟透開始腐爛的氣味。

風沉重地垂掛在每一個慵懶不動的樹梢。花葉在腐爛中釋放的香味混雜著使人暈眩沉溺的毒素。

所以，島嶼的夏季，在蒸氳著濕熱的密林和繁茂的草叢裡，有彩色斑斕的蜥蜴，呼吸著奇香如毒的腐爛，試圖使一個夏季都只是睏倦、慵懶，都只是肉體官能上肆無忌憚地氾濫。彷彿溺斃在香味的毒癮中，他渴望終止思維，他渴望從迷懵魍魅的憧憬中升超到感官浮游的領域，渴望一種如死的亢奮，擁抱著熱烈的夏季，如死地睡去。

那是一則夏季的神話。

島嶼上的居民發現了密林深處，一種紫藍色的花，是比任何一種現存的毒品更劇烈的毒素。他們絡繹不絕，悄悄帶著工具，潛入密林中去。

他們看到耽毒的蜥蜴，全身發著紫藍色的光，轉動著超越現實視覺的小小的瞳仁。牠們擁抱著、交配著、繁衍著一代又一代更為耽毒的後裔。牠們生活著，牠們的生活其實只是為了擷取更多一點的毒素，使他們的肉體在劇毒的餵養中更為美麗，閃耀著魅鬼的色彩和斑紋。

蜥蜴之外，蜘蛛、蟑螂，也開始耽嗜毒素了。

當島嶼上意識到毒品如日常糧食般從密林深處迅速向小鎮、城市蔓延時，嗜毒的嚴重性開始被保健和司法的機構重視了。

和耽嗜毒素的密林中的蜥蜴、蜘蛛、蟑螂一樣，城市中的男子、女子、老人和少年，也一致地耽愛起這使他們超升浮游於非現實世界的毒品。

紫藍色的小花被大量採集，曬乾，研磨成一種粉末狀的製劑，分別包裝在十公克左右的小盒中，被運銷到各個城鎮中去。

島嶼的商品經銷系統，是近代人類歷史的奇蹟。這個商業經銷系統，曾經被傳統保守的人士斥責為「不道德」的消費體制，將嚴重戕害島嶼的文化與精神。但是，不可否認地，島嶼在這奇特的商品經銷系統中致富了。

島嶼迅速地成為世界上少數在經濟不景氣中繁榮而且富裕的地區。

因此，當人們看到訓練有素的商品經銷系統，開始以毒品為他們的經銷主體時，人們都有一點矛盾，一方面他們知道島嶼將再一次獲致經濟利益上的暴富，再一次引起國際間側目以視的經濟「奇蹟」。然而，同時地，人們當然開始意識到這些毒品製劑，將如何經由這無孔不入的商品經銷系統，把毒素銷行到島嶼和島嶼以外的任何一個地區。

夏季，日光如一種鞭撻。如果死亡中就是無可豁免的最終的宿命，那麼，嗜毒與非嗜毒，也只是在無可豁免之前不同的生活方式的抉擇罷。

把城市的樓宇做為密林的話，那先攀爬、蜷縮在陰影中的美麗的島嶼族群，正打開十公克包裝的小盒，把紫藍色的粉末塞入鼻孔、耳朵、肚臍和肛門，他們全身如火一般燃燒起來，他們在如死的亢奮中擁抱和交配著，噴灑著嗜毒的精液和卵子。

「如果，這是最後一個熱烈的夏季……。」

他們在瀕死時流下滿是毒素的淚水。夏季仍然沉重遲緩如一首哀傷的輓歌。

## 二〇一五年五月十一日，獨白

今天看到藍花楹的圖片，有人說是島嶼南部一處隧道開滿紫藍色的花。但是立刻有人糾正，說這只是「類藍花楹」，因為比對國外像南非一帶的真正藍花楹，島嶼的蘭花實在是太稀疏不成樣子了。然而我還是感謝因此知道了「藍花楹」這個植物的名稱，也因此上網尋查了各種不同品種的藍花楹相關的資料。

在一個佛教團體盛大舉行浴佛的聚會時，島嶼各黨政軍的重要首長都應邀出席了。不同政治背景的城市領袖和島嶼即將卸任的總統握手，用奇怪的表情表示這握手可能遭致的不吉祥的未來，但他隨即修正說：「今天有佛祖保佑——」島嶼政客長期以來習慣用這樣膚淺耍嘴皮的方式取悅媒體和無知識的選民，而那在島嶼各個角落蔓延開來的藍花毒素也一點一點沁入居民骨髓，其實是沒有任何好轉的機會的。

毒品是一種過癮的「爽」，耍嘴皮的「爽」，其實沒有太大差別。島嶼許久沒有下雨，水庫乾涸，政客的口水其實救不了任何乾旱的危機。歷任總統都不做水庫清理工作，因為光是耍嘴皮已經「爽」翻了，像嗜毒一樣，大家都「爽」，等真正連密林中的藍花也因缺水而不能生長，政客知道那時毒癮發作，就會有上千上百毒蛇一樣的選民湧來撲殺城市領袖，領袖那時也許會看到一座土地廟上明明白白的告示「風調雨順」、「國泰民安」。

# 前去背叛

伊卡，我忽然思索起熱愛你的原因。彷彿一整個潮濕鬱悶的雨季前的時刻，渴望一種驚天動地的雷雨狂暴的來臨。

我仍然不知道你在何處流浪。偶然傳回這城市的消息，說你去了東部山村的一所小學任教，在高高的大山的山腹，種植了一種叫釋迦的果實，學習了當地住民古老的語言和歌聲。

敘述你行蹤的人，有部分訝異、有部分嚮往，因此，這敘述中也夾雜著敘述者個人的夢想與心事罷，我也就不那麼認真追究敘述的真實性了。

另一種傳說是比較容易證實的，據說你就在離我不遠的一所小鎮，在一所大學的藝術館擔任助理的工作，偶爾還畫畫，也偶爾牽纏在情愛的捨與不捨之間，有一些落寞罷。

但我也不刻意想去證實，一個距離很近的小鎮，也似乎可以是另一種隔世之感。有人匆匆跑來告訴我，你在黑夜的高速公路上開著巨大的貨運卡車，在停下來加油的時刻，見到了舊日相識的朋友，彼此都很驚訝，攀談了一會兒，又匆匆告別了。「不知道為什麼，一卡車裝運的都是鐘。」敘述的人這樣不可思議地搖搖頭。「這些鐘都要在明天黎明以前送到南部一個新興的城市。」你這樣回答著久不相逢的朋友。

伊卡，我們在時間裡漂流著，我沒有能力思考時間，我只是忽然閃過那黑夜中你運送時鐘的悲壯而孤寂的畫面，使我悚然了起來。

我還聽說了另一個有趣的傳聞，談論到你新近到了島嶼東北區的平原，學習畜產的種種。敘述者沒有更多的細節，我卻聯想起那多雨的海域平原，在遼闊空曠的平原上，你豢養著甚麼樣的動物，你研究著那些動物的繁殖或其他的有關畜物產業的種種。

那將是一個甚麼樣的伊卡呢？

在我逐漸老去的時刻，我坐在島嶼的河邊，細數入夜以後，一盞一盞亮起來的對岸的燈火。

伊卡，你在島嶼的許多角落，像入夜一盞一盞亮起來的燈，使我覺得明亮溫暖。

在每一天仍然充滿了鬥爭的政治情勢中，伊卡，有時候我渴望在亡國之前再一次熱烈地愛你，如同島嶼最初最初的那一個夏日。

許多的是非、許多的陰謀、許許多多的心機和詭計，伊卡，我們學會了不只用一種寬容去看待這種種，而是學會一種清明、一種如水的平靜、一種透徹，使一切是非與心機都失去了依附。

我偶爾會想起你一貫鄙視輕蔑的老師、父母、長輩，那些在島嶼上掌握著價值與評判的人們。伊卡，我當然知道，我也正在你應該鄙視與輕蔑的年齡與位置。

那麼，伊卡，前去背叛罷。

我有時懺悔著，我長久教會你的寬容、正直，將使你如何沮喪地看著島嶼的亡國的宿命。

寬容與正直，會不會只是我長久用來自保和自慰的一種方式呢？

伊卡，在你流浪於島嶼四處的時刻，我忽然想傳達這樣的訊息給你，前去背叛罷！

重重的擊碎你那感覺到鬱悶、綑綁、壓抑的東西，徹底把自己從愚庸的學習、教條、體制裡解放出來。

前去背叛罷！伊卡。

## 二〇一五年五月十一日，獨白

伊卡，我的確不應該再做任何補充。前去背叛吧！砸毀島嶼上一切阻礙著你前進的障礙。

不要在青年時就衰老了。

你在你的學校學到什麼？那些迂腐的教條嗎？那些唯唯諾諾對生命一無熱情的苟活者的庸懦嗎？那些鄙俗的生命觀點嗎？那些粗魯又低賤的對生命的侮辱和踐踏嗎？

走出去，背叛，在年輕時唱年輕的歌。

你可以讓島嶼不那麼卑屈，你可以讓島嶼有高山的聳峻，有大海的壯闊。前去背叛吧！伊卡！

梁鴻業／攝影

真正的幸福將是一次又一次在
孤獨中的自我放逐，
從安逸、耽溺安逸的生活出走……

# 再見，油桐花

島嶼中部的山區，油桐花一簇一簇開在高高的樹梢上，整個山丘的稜線都覆滿了白色的油桐花。

梅雨季節，陰晴不定，一陣暴雨打落了不少花瓣，花瓣鋪落一地，被急雨沖流，夾雜著黃泥水，匯聚在低窪的水塘邊。

伊卡，在島嶼上自我放逐的時日裡，我想念你，想念你年輕、狂飆，充滿好奇的生命，我想念你彷彿如這個季節陰晴不定的天候，那種暴雨時至的爽快、那種驚蟄的雷聲，隆隆地瓦解著低氣壓的沉悶，那種如日光般亮烈的笑容與憤怒，敢愛而且敢恨，不屑於一切的作偽、妥協；不屑安逸於中產生活的甜腐與衰敗。

伊卡，我忽然意識到，我不要在富裕、安逸、甜膩的滿足中這樣如寵物般地老去。

我將在不甘心的時刻自我放逐，流浪於這個我熱愛的島嶼的每一個荒遠寂寞的角落。

因此我們將不再見面了。你有你流浪的路，我也有我自我放逐的途徑。我深深愛你的原因，與你深深眷戀我的原因，都將是我們告別，拿起行囊，從安逸出走，在島嶼流浪的真正動機罷。

因此，我會在每一個旅途的車站思索自我放逐的真正意義，而我每一次再度的出走與離去，都是為了想念你、眷戀你，以及更靠近你的原因。

島嶼選出了新的領袖。新的領袖即將在許多爭相求寵的人群中就職。發表穩定人心的演說，闡釋生活幸福與甜美的意義，給予島嶼居民對未來的夢想與希望。

但是，伊卡，我們都將要出走了。

我們從親人中離去，我們從深深眷戀的友誼與愛情中離去，我們從牽連不捨的師長、朋友、摯交、知己、寵物的各種關係中離去。伊卡，島嶼將開始學習孤獨的意義，真正割捨一切牽連的孤獨。把自己放逐在倫理之外、在社會之外、在人類的族群之外。只是一個夏日之前一簇一簇盛放的油桐花，它們生而孤獨，死而孤獨，它們自我存在、自我完成，自我面對生與死的時刻，它們是這一個季節島上最燦爛的生命，它們因為徹底孤獨，因此也徹底燦爛。

伊卡，電話的鈴聲在響，傳真的訊號在閃動，電腦的網路系統從世界各地顯現著溝通與傳達的慾望。但是，伊卡，出走罷。再一次去認識山區窪地裡匯聚在水塘裡油桐花密密的屍體，再一次去聆聽高樹上這一個夏季第一聲嘹亮的初蟬，再一次伏身向海洋，擁抱那狂烈的波濤的震動，再一次感覺著從峭壁懸崖上墜落的暈眩，撕裂皮肉的痛；再一次經驗著在長達一周的山峰縱走時那腿部肌肉如鋼鐵般的堅硬。我們在自我放逐的路上舉步維艱了，但是，伊卡，我們背叛了城市中產者的夢想與希望，我們背叛了爭相邀寵的社會攀爬者甜膩俗媚的生活，我們在島嶼孤獨的山峰稜線上，也許可以深深呼吸一口清新潔淨的空氣。

島嶼將有新的領袖站起，宣告著孤獨的意義，宣告著如何從甜膩俗媚的生活出走。真正的幸福將是一次又一次在孤獨中的自我放逐，從安逸、耽溺的生活出走，永不老去地狂渴於山的高度，海洋的深邃，永不老去地在每一次花季中燦爛地綻放自己。

伊卡，我在流浪生死的途中，你和許多我常常記憶的面容，使我知道如何出走、如何熱愛島嶼，也更熱愛孤獨。

有一隻鷹的屍體在白色的油桐花上躺著，我們以為的愛，只是生命孤獨中偶爾的錯身而過罷。

## 二〇一五年五月十二日，獨白

我在異國的樹林間靜坐，讀經。看僧侶們在清晨從廟宇走到街市，在紛紛跪下的人群間行走，彷彿流入沙漠的一道水流，一道穿著絳紅色袈裟的安靜的水流。我跟他們走過，走到河邊，解去衣服，在河水中沐浴。

回來整理二十年前的《島嶼獨白》、二十年前的《因為孤獨的緣故》，還有一冊你讀過的《孤獨六講》。我們就在孤獨中吧，這將要集結成的《孤獨三書》不會缺乏汙衊者的輕浮的嘲笑，也不會讚美擁護，但是，你知道孤獨的意義。你知道孤獨者望著繁華時的悲哀，你知道繁華中的喧囂，不久要如何湮滅在自己的自大的譁笑聲中，看著自己的身體以及子嗣的身體一起沉入深淵。

島嶼如果還有最後的獨白，孤獨者，我們當然不會相信任何對話。

國家圖書館出版品預行編目資料

島嶼獨白 / 蔣勳作. --
二版. -- 臺北市：聯合文學, 2015.10
352面 ；14.8×21公分. --（聯合文叢；666）

ISBN 978-986-323-134-9（平裝）

855　　104018674

聯合文叢 666

# 島嶼獨白

作　　者／蔣　勳
發 行 人／張寶琴
總 編 輯／李進文
主　　編／陳惠珍
責任編輯／黃榮慶
封面裝幀／霧　室
資深美編／戴榮芝
校　　對／蔣　勳　李進文　陳惠珍　黃榮慶
業務部總經理／李文吉
行銷企畫／李嘉嘉
財 務 部／趙玉瑩　韋秀英
人事行政組／李懷瑩
版權管理／陳惠珍
法律顧問／理律法律事務所
陳長文律師、蔣大中律師
出 版 者／聯合文學出版社股份有限公司
地　　址／(110)臺北市基隆路一段178號10樓
電　　話／(02)27666759轉5107
傳　　真／(02)27567914
郵撥帳號／17623526 聯合文學出版社股份有限公司
登 記 證／行政院新聞局局版臺業字第6109號
網　　址／http://unitas.udngroup.com.tw
E-mail:unitas@udngroup.com.tw
印 刷 廠／沐春行銷創意有限公司
總 經 銷／聯合發行股份有限公司
地　　址／(231)新北市新店區寶橋路235巷6弄6號2樓
電　　話／(02)29178022



出版日期／2015年10月　二版
2015年10月5日　二版四刷
定　　價／350元



ISBN 978-986-323-134-9（平裝）

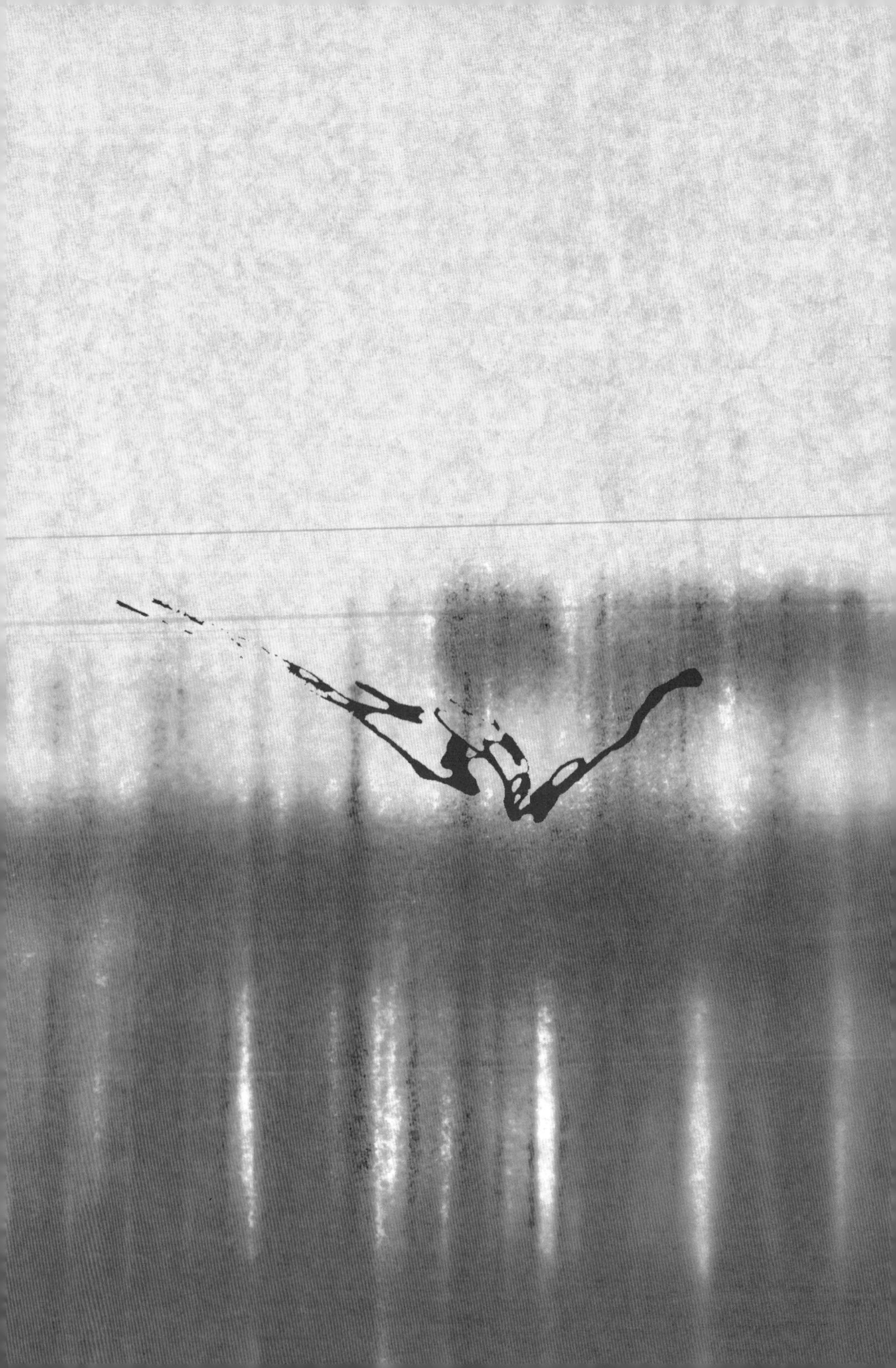